EINS + EINS = DREI

AF280981

Damals war die ganze Gestalt jedes Menschen rund, indem Rücken und Seiten im Kreise herumliefen, und ein jeder hatte vier Hände und ebenso viele Füße und zwei einander durchaus ähnliche Gesichter auf einem rings herumgehenden Nacken, zu den beiden nach der entgegengesetzten Seite von einander stehenden Gesichtern aber einen gemeinschaftlichen Kopf, ferner vier Ohren und zwei Schamteile ...

(Platon: Das Gastmahl)

Lutz Flörke & Vera Rosenbusch

EINS + EINS = DREI

Jahrbuch Nr. 1

Impressum
Lutz Flörke &Vera Rosenbusch
Jahrbuch Nr. 1
Kontakt
E-Mail: info@hamburgerliteraturreisen.de
Tel: 040 46 88 23 87
Homepage: www.hamburgerliteraturreisen.de
Hörproben: https://soundcloud.com/vera-rosenbusch
Wir bedanken uns bei Anna-Maria Schlemmer für
den Scherenschnitt von Platons Kugelmenschen.
Herstellung und Verlag: BoD – Books on Demand,
Norderstedt
© 2024
ISBN: 9783758330704
Das E-Book kostet EUR 5,99

Inhalt

Die Texte sind den Monaten eines Jahres zugeordnet.
Weitere Jahrbücher folgen.

7

Danke

Für die freundliche Hilfe möchten wir uns bedanken bei Anna Maria Schlemmer, Birgit Rabisch und Peter Dorsch, die kritische Blicke auf das Layout geworfen haben, bei Nicola Janocha fürs sorgfältige Korrektur- lesen und bei Horst Dralle, der das Cover für den Druck aufbereitet hat.

Kollektivtext*
Die Buchen sterben ja nicht aus,
nur die Bücher
April

Guten Morgen liebe Sonne, guten Morgen wissens-
werte Wiesen, Buchenwälder, Bücherwände ...
Unter dem Feigenbaum, lese ich, *könnte man wieder
anfangen zu leben, zu schreiben, wobei natürlich nicht
eigentlich das Schreiben gemeint ist, das eine Qual ist,
sondern das rechte Hinschauen, Hinhorchen, -riechen*
und -schmecken, *das auf ein Wiedergeben zielt.*
Ich sitze im Stadtpark und denke: schöner Satz.
Wirklich schön. Andererseits steht hier kein Feigenbaum, nicht mal ein mutloser Mutterstrauch oder
eine frühreife Fasanenbirke. Aber wenigstens die eine
oder andere Buche.
Die Buchen sterben ja nicht aus, nur die Bücher.
Gerade als ich damals, vor ewigen Zeiten mit dem

literarischen Schreiben beginnen wollte, erreichte mich die Nachricht, das Gutenbergzeitalter sei vorbei. Von dieser Nachricht habe ich mich bis heute nicht erholt.

Ich sitze im Stadtpark, starre ins Gestrüpp der Selbstvermarktung. Nein, Metapher wird gestrichen.

Wiese ohne Wisent. Das Schöne an der Wiese ist der weite Blick, sind die alten Einzelbäume, die malerisch ihre Kronen ausbreiten.

Natur. Alles, was mich vom Schreiben ablenkt, ist willkommen.

Nanu … Da wird gegrillt!

Leute! Grillt nicht, kauft, lest, hört mir zu!

Bei mir wachsen die unfertigen Geschichten, vermehren sich wie Butterblumen. Und interessieren niemanden.

Griller kaufen, hören, schauen, lesen alles Mögliche, meine Geschichten nicht. Dabei ist das Top-Literatur und Spitzen-Unterhaltung!

Sie grillen.

Lass sie doch grillen!

Gutenberg würde heute Werbung auf Wurstteller drucken statt Bücher.

Ich dagegen folge meinen Grillen und träume vom Neuanfang. Computer abgestürzt, irreparabler Totalverlust, alles, was ich je geschrieben habe verschwunden im grenzenlosen Löschvorgang.

Katastrophe, aber auch Erlösung. Wiedergeburt. Alles auf Reset.

Blödsinn! Gerade habe ich ein Bankfach gemietet und dort meine Sicherheitskopien deponiert.

Es kommt nicht zum Totalverlust.

Das Schicksal schlägt nicht zu, weil man sich`s vornimmt. Man kann das Schicksal nicht planen. Ein geplanter Schicksalsschlag ist keiner.

Wenn ich mich entscheiden könnte, hätte ich mich längst entschieden. Endlich aufhören mit den sinnlosen Versuchen, Literatur zu schreiben für ein Publikum, das grillt.

Man träumt ganz gern davon, aber falls wirklich sämtliche Daten sämtlicher Texte plötzlich verschwänden, würde ich mich ärgern. Ich häng ja dran.

Ich bin ein Kleinbürger, der sein kleinbürgerliches Publikum verloren hat. Das hat nichts mit Gutenberg zu tun, sondern mit Soziologie. Den Luxus des literarischen Lesens will und kann sich kaum noch jemand leisten, denn gut Ding will lange Weile haben.

Langeweile können sich nur Langschläfer leisten.

Stichwort Proust.

Ich hör auf.

(*Kollektivtext von Lutz Flörke und Vera Rosenbusch)

Lutz Flörke
Urban Gardening
April

Tschüss Dachgarten, tschüss du Zen-Landschaft in
der alten Zinkwanne, Relikt aus Kinderzeiten. Tschüss
auch ihr Erdbeer-Zwiebeln, mach's gut du Bohnen-
kraut, und du kaputter, müder Blumentopf, den ich
nicht mehr ersetzen werde … Tränen müssten mir in
die Augen steigen.
Aber Julian steigt nur auf die Begrenzungsmauer.

Als er sie zuerst sah, blätterte sie in einem Buch:
Ich liebe nichts, als was in diesem Garten / Mein
Drangsalstrost vnd KranckheitArtzt kan seyn, / Du
Blumen Zier …

Ein welkes Tulpenblatt löst sich vom saftigen Stängel,
weht über das Geländer und taumelt in die Tiefe.
Ihm schwindelt.
Ein Dachgartenaktivist am Abgrund. Nur, weil Simona
gesagt hat …
– Spring doch! ruft die Stimme in seinem Kopf.

12

Wenn sie Recht hätte … Hat er sich wirklich so geirrt? Propagiert er gesunde Ernährung nur, weil er sich die leisten kann? Und Nichtrauchen, weil er selbst nicht raucht? Predigt er Kleinbürgerideale als universelle Prinzipien? Ist grüne Guerilla bloß ein Mittelschichtsding?

Julian wird oft beneidet. 350 qm Wohnfläche plus 180 qm Terrasse. Aber Neid genügt ihm nicht.

Er betrachtet die frisch gesäten Radieschen im aufgeschnittenen Tetrapack.

Klein, rot, scharf.

Vor zwei Wochen haben sie sich in der *Ottenser Bücherstube* kennengelernt. Sie blätterte in dem Buch, er schaute ihr über die Schulter: *Wer hat so schön die Gärtnerin polirt? – Erotische Garten-Dichtung des Barock.* Jetzt fällt ihm der Rest der ersten Strophe wieder ein:

– Ihr grünen Bäume, / Du Blumen Zier, / Ihr Hauß der Reyme, / Ihr zwinget mir / Dieß Lied herfür.

Hauß der Reyme? Naja, ein bisschen schwerfällig fand er das Gedicht schon. Und *Wer hat so schön die Gärtnerin polirt?* Naja … Simona jedoch erklärte, das sei eben barock, und bevor er weiter darüber nörgele, sollten sie vielleicht bei einem Kaffee darüber reden.

Am Abend besucht sie ihn in seiner Ottenser Endetage. Lauschige Nächte im Dachgarten, Sex unter freiem Himmel. Alles gut. Das zarte Schleierkraut der Mohrrüben zittert fröstelnd im Frühwind …

– Der Sex-Appeal des Urban Underground! erklärt er. Und denkt: Sie bewundert mich!

– Wieso Underground?, würgt sie ihn ab. Im 7. Stock?

– Metaphorisch! Grüne Guerilla!

– Ich bewundere dein Engagement, aber mal ehrlich … Ein Guerillero ist einer, der gegen die politischen Verhältnisse kämpft und nicht gegen Blattläuse, doziert Simona. Urban Gardening ist medial gepushte Freizeitgestaltung für Aufsteiger, die mit Bildung und Kultur nichts anfangen können.

Gerede, denkt er, verkopft und von gestern. Nach dem Sprung von der Terrasse würde er direkt vor dem Café aufschlagen. Zur Frühstückszeit. *Café Kirsch*, Originalschriftzug aus den 20ern draußen an der Wand. Innen natürlich modern.

– Ihr kauft Euch im angesagten Ottensen eine Eigentumswohnung und nörgelt über Gentrifizierung. Dabei seid Ihr die Vorreiter.

– Ich hab doch gar nicht behauptet …

Unten auf der Straße parkt ein karamellbrauner Lieferwagen mit der Aufschrift *Die Holzprofis* rückwärts ein. Plötzlich ein Ruck – er bremst scharf. Ist da so ein kleiner schwarzer Smart knapp hinter

14

ihm in die Lücke gehuscht. Der *Holzprofi* steckt den Kopf aus dem Fenster. Schimpft. Was, kann Julian von hier oben nicht verstehen. Eine Frau im Business-Kostüm mit rotem Halstuch schlägt die Tür des Smart zu, winkt, geht ins *Kirsch*. Dann passiert erstmal nichts.

– Du träumst von einer Volksgemeinschaft über soziale Grenzen hinweg, in der alle deinen Idealen folgen, gib's doch zu! Wohl fühlst du dich erst, wenn du anderen zeigen kannst, wo's langgeht, hat sie ihm an den Kopf geworfen.

Jetzt schläft sie in seinem Bett aus Mecklenburger Edelkirsche mit dunkelroten Glasapplikationen; er ist die ganze Nacht nicht zur Ruhe gekommen.

Der Lieferwagen versperrt noch immer die Straße. Schon hupt ein Möbeltransporter, der vorbei möchte. Die beiden Fahrer öffnen umständlich die Türen, klettern heraus, gestikulieren.

– Urban Gardening verkörpert die ethische Basis der eigenen Existenz …
– Du musst dich nicht verteidigen.
Der Pflaumenbaum lässt die Blätter hängen, zu Tode betrübt, dachte Julian.

– Pflaumenbaum?, hat Simona gespottet. Das ist doch Sexismus pur.

Nie weiß er, wann sie etwas ernst meint.

– Man ist nicht nur IT-Berater, sondern immer noch ein bisschen Rebell!, hat er erklärt. Die Hände in die Erde stecken, Leben auf der Zunge spüren … Die Leute aus der Nachbarschaft kennenlernen, Wissen austauschen, praktische Beiträge zum Thema Local Food leisten …

Unten hält ein Laster von Getränke-Harry mit zwei Kerlen wie normannische Kleiderschränke.

– Die einen bepflanzen einen Bahndamm, die andere ihre Penthouse-Terrasse.

Er mag ihr Lächeln; gestern Abend verzog sie ironisch die Mundwinkel, als er erklärte:

– Urban Gardening ist kein lumpiger Vorgarten in Poppenbüttel, sondern Aneignung von Brachflächen, egal ob auf dem Mittelstreifen einer Stadtautobahn oder dem Dach eines Hochhauses. Mittelschicht, Migranten oder Hartz 4 – egal!

– Verstehe, Kapital, Bürgertum und Unterschicht Hand in Hand.

Was ist denn da unten los? Jetzt sind schon sechs Männer am Diskutieren und es werden immer mehr.

Einer der Möbelpacker verteilt etwas ... Handschuhe?

– Millionenstädte sind künstliche Ökosysteme, sind die am höchsten entwickelten Lebensräume der mobilsten, erfinderischsten und verspieltesten Spezies, die dieser Planet hervorgebracht hat: Homo sapiens sapiens.

Nun ist der sapiens sapiens manchmal auch schöpferisch, etwa wenn er Gärten anlegt in den Megacitys aller Erdteile. Wenn er das Schöne mit dem Nützlichen verbindet, den Anblick lippenroten Rhabarbers mit der Gewissheit, ihn zu Kompott zu verarbeiten.

Simona sapiens erwidert:

– Nur im Überflüssigen zeigt sich Freiheit.

Julian kämpft seit Jahrzehnten dagegen an, sich überflüssig zu fühlen.

– Urban Gardening ist gepflegter Protest gegen Raubtier-Kapitalismus. Bitte ernährt euch von uns, aber nicht zu brutal!

Vor dem *Café Kirsch* treten vier Männer an den Smart, fassen an, ein Hupp ... Durch Muskelkraft versetzt, findet sich der Wagen in der zweiten Reihe wieder.

Die Fahrerin stürzt aus der Ladentür zu ihrem Auto, umkreist es, sucht Schäden, findet keine.

Der *Holzprofi* parkt ein; der Smart zuckelt davon; der Handwerker betritt das Haus.

– Weißt du, was dein Problem ist?, ereifert sich
Simona, die Werte, mit denen du angetreten bist,
passen nicht mehr zu deinem Einkommen. Deshalb
gibst du ihnen neue Namen. Statt von Ordnung,
Disziplin und Sauberkeit sprichst du von Bewahren,
Optimieren, Entschleunigen und Nichtraucherschutz.
Arrogante Kultur-Schnepfe!
Schließlich sagt sie:
– Naja, lass uns morgen weiterreden.
Küsst ihn, dreht sich um und schläft.

Jetzt steht er am Abgrund. Ein weiteres rotes Tulpenblatt macht sich auf den Weg nach unten. Tulpen
schütteln ihre Blütenblätter geradezu ab. Wenn sie
genug geblüht haben, ist ratz fatz Schluss.
Soll er eine Botschaft hinterlassen? Julian stellt sich
vor: Sie kommt auf die Terrasse, erblickt sein
entschlossen-trauriges, nein, sein entschieden-
verzweifeltes Gesicht … Schade, dass er keinen
Spiegel hat. Und erkennt, sie ist schuld. Nur sie. Sie
ganz allein! Weiß endlich einmal nicht, was sie sagen
soll, sagt etwas wie … – Bitte nicht! – Mit halber
Stimme. Bereut jetzt alles, was sie ihm angetan hat.
Zu spät. Er weigert sich, einen Schritt auf sie zu zu
tun. Das ist kein Spiel. Er ist verletzt, jetzt soll sie
leiden! Sie fleht, verspricht, alles wieder gut zu
machen, er jedoch, mit steinerner Miene …

Aber aufgepasst! Nicht zu weit gehen! Damit er nicht tatsächlich den Abgang machen muss, um am Ende Recht zu behalten.

Im Inneren der Wohnung wird eine Tür geöffnet. Sie. Sie ist aufgewacht. Nicht zu ihr hinsehen. So tun, als ob er nichts bemerkt.

Jetzt müsste er etwas sagen. Was? Bei uns Garten-Guerilleros regiert nicht die Effizienz, sondern die Freude am Tun und die Neugier auf das, was entsteht. Das sind keine guten letzten Worte.

Das leicht schmatzende Geräusch der Tür; jetzt tritt sie aus dem Schlafzimmer aufs Dach, öffnet die Augen, entdeckt ihn sprungbereit auf der Mauer, ruft … Weshalb ruft sie denn nichts? Vielleicht Panik? Sehr gut. Warum braucht sie so lange? Klar, sie will ihn nicht erschrecken. Schön. Aber das dauert ja ewig. Sein rechtes Bein verkrampft sich. Er gibt auf und dreht sich zu ihr um.

Ein *Holzprofi* im karamellbraunen Overall. Das Firmenlogo ist auf den Latz gestickt. Julian zuckt zusammen.

– Entschuldigung, die Tür war offen.

Heute schon gehobelt? steht auf dem Werkzeugkasten.

– Schöner Garten. Haben Sie 'nen Grill?

Wieso Grill?

– Mein Bruder hat auch einen Kleingarten. Am Goldbekufer. Im Sommer grillen wir da öfters. Für ihn ist Unkrautzupfen Meditation, sagt er. Also mir wär das zu viel Arbeit.

Wir Stadtgrünaktivisten wollen möglichst viele Menschen einbeziehen, sicherlich, aber einen Griller?

– Er hält sogar Bienen.

Der Mann verwechselt dieses Biotop mit einem konventionellen Kleingarten …

– Diese Dachterrasse entspringt dem Bewusstsein, urbane Avantgarde und Trendsetter zu sein, sagte er.

Unsere Vorstellungen von Teilhabe und Gemeinschaft folgen einer Rationalität, die nicht an Wachstum, sondern an Erhalt, nicht an effizienter Nutzung von Zeit, sondern an Kooperation mit den Zyklen der Natur orientiert ist.

Entgegnet sie:

– Gärten ohne Wachstum? Ist das nicht ein bisschen merkwürdig?

– Ich komme im Auftrag der Hausverwaltung, unterbricht der *Holzprofi*, soll die Fenster nachstellen.

Haben Sie die Nachricht nicht bekommen?

Julian kann sich nicht erinnern.

– Das passt gerade sehr schlecht.

– Verstehe, aber ich bin sehr eng getaktet … Es dauert auch bloß eine halbe Stunde. Wir wollen doch alle Energie sparen … Für die Umwelt.

Was redet der? Der redet, als ob nichts wäre.

Der *Holzprofi* öffnet ein Fenster, prokelt an der Dichtung, schickt Julian Seitenblicke.

– Ohoho! Wann haben Sie das denn zuletzt überprüfen lassen? Das Gummi ist ja total verrottet. Was'n das?

– Känguru-Bohnen! – Julian starrt in die Tiefe.

– Aus Australien?

– Trotz des Namens ein einheimisches Gewächs, ökologisch unbedenklich.

– Jedenfalls Bohnen!

Der Tischler sticht energisch mit einem kleinen Meißel in den Silikonstreifen.

– Das muss komplett neu! Aber kein Problem, ich hab's gleich.

Er sucht nach seiner Tasche. So ein Trottel. Stolpert über den ausgedienten Fernsehapparat mit der niederdeutschen Schattenmorelle, die erschüttert zusammenzuckt.

– Also ... Wie bei Ihnen sieht's bei meinem Bruder im Garten nicht aus. Das hier ist mehr so ... Kunst, oder?

Julian muss ihn loswerden, bevor der ihm die ganze Szene ruiniert. Er strafft seinen Körper, jedoch ...

Unter seinem linken Fuß ... Kippelt da etwa der Ziegelstein?

– Ich muss das Fenster aushängen. Könnten Sie freundlicherweise mit anfassen?

Julian schüttelt den Kopf. Beide lassen sich nicht aus den Augen. Wenn nur der Ziegelstein sich beruhigen würde. Es geht verdammt steil runter. Gut so! Sein Blick wendet sich dem Gartentisch mit den drei Stühlen zu, Teile aus edel gerostetem Metall. Dafür hat Julian lange Antiquitätenläden durchstöbert. Jetzt zittert dies verdammte Bein und will nicht aufhören.

– Gehen Sie endlich, flüstert Julian heiser. Bitte!

Der Mörtel unter dem Ziegel bröckelt; Julian hyperventiliert, weiß überhaupt nichts mehr.

– Äh ...

– Hallo Sozialpartner!

Simona steht in der Tür. Und er hat noch keinen Abschiedssatz. Sie trägt sein verwaschenes Lieblings-T-Shirt. *Windsurfers do it standing up*. Und der trottelige *Holzprofi* gibt ihr heimlich Zeichen ...

– Was haben Sie denn?

Sie versteht nicht.

Der Handwerker lässt den Akkuschrauber kurz aufheulen.

– Ich bin der Tischler. Wegen der Fenster.

– Findest du es nicht ein bisschen gefährlich da oben auf der Brüstung?

Julian sucht nach einem Satz. Sein Kopf ist wie vernagelt. Er beugt sich hinunter. *Im Labor der Träume / stirbt der Tod ...* Irgendwie eindrucksvoll, aber was soll das heißen? Seine Finger spielen im Blumenkasten. Er knipst einen blütenlosen Stängel ab und lässt ihn nach

unten segeln. *Ich spüre den Wind unter den Sohlen …*
Wieso fällt ihm nur Lyrik ein? Er richtet sich wieder
auf.

Simona kommt näher. Will sie ihn küssen? Er zuckt
gefährlich zurück. Erst wühlt sie in seinen Selbst-
zweifeln, dann schaltet sie um auf mütterliche Zuwen-
dung. Vielleicht sollte er sie runterschubsen.

Der Tischler wühlt in seiner Werkzeugtasche. Er zieht
eine Spritzpistole mit flüssigem Silikon hervor.

Wütend, weil der Kerl immer noch nicht geht, hebt
Julian den Blumenkasten aus der Verankerung und
wirft ihn Simona direkt vor die Füße. Splitter, Erde,
Wurzelbällchen spritzen nach allen Seiten davon. Das
hat er nicht gewollt. Er zittert noch mehr, nicht länger
vor Wut, sondern aus Verzweiflung. Was können die
Pflanzen dafür!

– Ich liebe dich trotzdem, ruft Simona.

– Prima, sagt der Tischler, dann ist ja alles in Ordnung. Ihr Leben und gleich auch das Fenster.

Der Ziegelstein unter Julians Bein kippelt, kippt,
stürzt ins Leere. Julians linker Fuß findet keinen Halt
mehr, der Körper dann doch die Balance.

Der *Profi* drückt den Abzug seiner Silikonpistole.
Etwas klemmt. Julian weicht keinen Millimeter vom
Rand. Der *Profi* drückt noch einmal, erhöht den
Druck, schon biegt sich der Abzug … da … Splash,
ein weißer Streifen zischt durch den Dachgarten und
senkt sich auf die Blätter des Pflaumenbaums.

– Sie Idiot!, brüllt Julian. Nun habe ich aber genug!
Und springt jetzt wirklich, allerdings nicht in den
Abgrund. Kaum hat er den Terrassenbelag erreicht,
Holz-Fliesen aus einheimischer Bluteiche, stürzen sich
Simona und der Klempner auf ihn. Als ob sie sich ver-
abredet hätten. Er rutscht weg, knallt hart auf den
Boden, am Kinn tritt Blut aus. Sie kniet auf Julians
Brust, hält ihn unten, der Handwerker schnurrt mit
Kabelbindern Hände und Füße zusammen.
– Ja, ganz plötzlich, hört Julian Simona ins Telefon
sagen, ohne jeden Grund! Wir haben ihn erst mal
ruhiggestellt.
Jetzt hat er's: *Mit dem Tod finden wir uns alle ab; womit
wir uns nicht abfinden, das ist das Leben.*
Leider zu spät.

Vera Rosenbusch
Rosennamen
Mai

Volksgarten, Wien. Vor dem Dichterdenkmal leuchten
Rosenstöcke. Lange Reihen in Rot, Rosa, Pink,
Orange, Weiß und Violett. Einmal im Jahr – jetzt –
blühen sie alle zugleich. Jeder Busch trägt einen
Namen auf dem Plastikschild, das mit Draht am
Stamm befestigt ist. Zusammen ergeben sie beinahe
ein Gedicht.
Stephanie von Monaco
Schneeflocke
Flamingo
Super Star
Athena
Othello
Peer Gynt
Erotika
Nationalstolz
Dr. Waldheim
Steffi Graf

Lutz Flörke
Der Eismann
Mai

Etwas Praktisches tun! Nicht so viel denken, einfach
Eismann sein! Beruf, Nationalität, Geschlecht:
Eismann!
– Vanille muss nachbestellt werden.
Der Eismann kommt in den Garten. Hannover-
Herrenhausen, königliche Anlagen im Sonnenschein.
Gleich empfängt ihn sein Wägelchen mit freundlichem
Brummen.
– Hallo Wägelchen, ruft der Eismann.
– Hallo Eismann, brummt das Wägelchen. Schlecht
geschlafen?
– 'S geht.
Er liebt sein Wägelchen mit den zwei silberglänzen-
den Abdeckhauben in Form von Brüsten. Spazier-
gänger glauben bei seinem Anblick, sich an ihre Kind-
heit zu erinnern.
Das Kühlaggregat brummt die ganze Nacht, am Mor-
gen zieht der Eismann den Stecker, und es schweigt.
Bis die beiden eine ebenso schöne wie zentrale Stelle
im Garten erreichen, wo es wieder angestöpselt

wird. Ob in den hohen, streng geschnittenen Hecken-
gängen, im luxuriösen Parterre mit Arabesken, Brode-
rie und Blumen, bei der Großen Fontäne oder bei
einer anderen Sehenswürdigkeit, die er jeden Tag
betrachten kann, aber nicht muss. Überall sind Steck-
dosen angebracht; ein elektrifiziertes Paradies.

Er streift seine weiße Jacke über, rangiert das Wägelchen aus der Abstellkammer und summt ein Lied:

– Brunnenfrau, Brunnenfrau, zieh mich in den Brunnen! Unk, unk, unk, vor Zeiten war ich jung! Hätt' ich
einen Strick genommen, wär ich nicht in' Teich gekommen. Unk, unk, unk …

*– Und, fragt Susanne, soll das ein Roman werden oder
dein Testament oder was? Ich meine, irgendwas soll es
doch hoffentlich werden?*

*Wir sitzen in Barmbek in der Zinnschmelze, wo, wie Su-
sanne mal gehört hat, Tom Waits manchmal isst, wenn er
in Hamburg ist. Ich glaube die Geschichte mit Tom Waits,
um Susanne einen Gefallen zu tun.*

*– Handelt es sich um eine Gartengeschichte oder eher
um eine Eismanngeschichte? fragt Günther.*

*– Ich hätte am liebsten eine Liebesgeschichte! sagt
Susanne.*

*Warum habe ich den beiden bloß von meinem Eismann
erzählt?*

– Jedenfalls ein sexy Eiswagen!

Günther versucht ein anzügliches Lächeln. Blödkopf!

– Sonnenschein, denkt der Eismann, ein Wetter, das die Leute in den Garten treibt, um zu demonstrieren: Jawohl, wir sind keine Miesepeter! Wir haben die richtigen Gefühle! Wir empfangen das korrekte Programm! Aber in Wahrheit beweist Sonnenschein gar nichts. Sonnenschein gehört zum Sonnenschirm. Der Eismann spannt ihn auf. Ganz weiß, darauf in roter Schreibschrift: Eis.

– Übrigens, bei mir wohnt eine Frau, die glaubt an Ufos, unterbricht Günther, kann einem aber nicht erklären …

– Warum, fragt Susanne, wenden sich Außerirdische immer nur an Idioten und nie an Leute wie mich? Aber Entschuldigung, du warst noch beim Eismann …

Je näher der Geschäftsbeginn rückt, desto schlechter die Laune des Eismanns. Er versucht, sich abzulenken. Vor seinem Bauch hängt ein Geldwechsler, der aussieht wie eine kleine Orgel. Silberglänzende Röhrchen, an denen sich je eine federnde Taste befindet, als könne man Melodien darauf spielen. Manchmal denkt sich der Eismann selbst einen Preis aus, nur so zum Spaß. Zum Beispiel 3 Euro 50. Dann spielt er die Zahlenmelodie und fängt mit derselben Hand die klingenden Münzen auf, um sie oben wieder einzusortieren, das Zwei-Euro-Stück, die Fünfzig-Cent-Stücke, die Zwanziger, Zehner. Ein Geldkreislauf, ohne dass etwas gekauft wird. Schon fühlt er sich als Künstler, und vielleicht ist er sogar einer. Möglicherweise hat das phantastische Instrument den

Ausschlag gegeben, ihn dazu verführt, Eismann zu werden und nicht persönlich haftender Geschäftsführer bei, sagen wir: Brödermann & Jahn.

– *Bei wem?*

– *Oder bei Gruner & Jahr oder Hoffmann & Campe, egal.*

Wenn nichts los ist im hochsommerlichen Garten, greift der Eismann wie jeder Intellektuelle zu einem Buch. Als Nächstes liegt Hobsbawm im Kühlfach bereit, *Das Zeitalter der Extreme*. Oder was von Hölderlin. Warum im Kühlfach? Weil intelligente Bücher potenzielle Eiskäufer abschrecken. Die wollen sofort und süß, keinesfalls jedoch geistig arbeiten.

Die Große Fontäne steigt in die Luft.

– Aha, denkt der Eismann, so spät ist es schon.

Da tritt eine Familie zwischen den Hainbuchen-Hecken hervor.

– Nicht schlecht, sagt der Vater, aber Versailles ist größer.

– Wann warst du in Versailles, fragt die Mutter.

– Letztes Jahr im September.

– Ich denke, da warst du bei Gert in Osnabrück?

– O! sagt der Vater.

– Hat Vati 'ne Freundin? fragt der kleine Sohn.

– Warum? will die Tochter wissen.

Der Junge geht in die dritte Klasse, das Mädchen ist im Vorschulalter. Der Vater entdeckt den Eismann:

– Guckt mal, da!

Der Eismann erstarrt. Er hofft, die Transaktion schnell und professionell abwickeln zu können. Aber es geht schlecht los:

– Apfelsaft! Naturtrüb!

Blöde Kinder!

– Nein, entgegnet der Eismann, bloß Eis.

– Tja, überlegt der Vater.

– Cola nicht? fragt das kleine Mädchen.

Ihr Bruder will auch eine.

– Er hat nur Eis, geht die Stimme des Vaters dazwischen, das hat er schon gesagt!

Die Kinder überlegen angestrengt: Erdbeer, Schokolade, Banane mit Kokosraspeln?

Der Eismann möchte sein Eis lieber behalten. Aber er weiß, er wird wieder etwas zum Zwecke des Verkaufs opfern müssen. Wenn es nur schnell geht.

– Ich will zwei Eis in zwei Waffeln! fordert der Junge.

Das Mädchen will ausschließlich Banane, ganz viel Banane und Banane.

Vorsichtig setzt der Eismann die Kugeln auf die Waffeln, reicht sie den Kindern und zählt leise. Er weiß ja, was geschehen wird. Eins, zwei, drei ... da liegt das Eis auf dem Kiesweg. Ihr solltet es vom Boden lecken, denkt er.

Der Vater zählt Geld von der einen Hand in die andere. Das Mädchen kickt den zerfließenden Eisklumpen beiseite. Der Junge brüllt, läuft rot an, wirft sich auf den Rasen. Der Eismann denkt: Der beißt mich noch ins Bein! – und zieht den Stecker.

– *Das find ich gut, meint Günther.*

Aha, das andere also eher nicht.

– Mmh, sagt die Mutter, leckt an ihrem Eis, lächelt dem Eismann zu. Dabei kennt er sie überhaupt nicht. Noch einmal: – Mmh.

Sie fährt sich mit der Zunge über die Lippen und strahlt den Eismann und sein Wägelchen an.

– Stopp! sagt der Ehemann und reinigt sich die Finger mit einem Tempo-Tuch. Das Preis-Leistungs-Verhältnis stimmt, was das Eis angeht. Aber, sagt er dann, während er seine Frau beim Lippenlecken betrachtet, Süßigkeiten sind nicht alles. Wenn auch alles seine Zeit hat, manchmal ist sie um. Weißt du, sagt er zu seiner ehemaligen großen Liebe und jetzigen Ehefrau, so laut, dass der Eismann mithören muss, früher haben wir Süßes genascht, weil uns das ein angenehmes Gefühl vermittelte. Heute lecken wir Eis, weil es dazugehört und weil wir es uns leisten können. Denn wir haben etwas geleistet. Leistung ist unser Leben. Vielleicht gelegentlich eine Fehl- oder Unterlassungsleistung, na, mag sein. Aber wir arbeiten daran. Und wenn du Appetit auf einen Eismann hast, dann leistest du ihn dir! Mit Liebe hat das nichts zu tun!

Die Ehefrau wird rot, der Eismann ist es schon.

– Seitensprung, denkt der Ehemann erregt und schaut sich die nackten Weiber aus geweißtem Sandstein an. Sein Glück steht auf dem Spiel, und er spürt die Erotik des Spielens. Er könnte Frau und Kinder verlieren. Könnte neu anfangen. Sie zurückerobern. Oder nicht! Vielleicht gerade nicht! Einfach die Chance nutzen und entschuldigt sein, weil alle sagen: Dem armen Kerl sind Frau und Kinder durchgegangen.

Der Eismann fächelt sich mit Schlaudraffs Sozialgeschichte der deutschen Literatur Luft zu, Band 12, Zwischen Revolution und Restauration, und denkt:

– Ich kenne den Kerl! Heißt er nicht Olaf? Genau, Olaf, wir waren mal befreundet. Scheitern als Chance! war unsere Losung. Wie man an Kindern und Ehefrau sieht, hat Olaf inzwischen eine Biographie, also das Gegenteil eines aufregenden Lebens.

Die Kinder wollen ein neues Eis, wissen aber wieder nicht welches. Es ist dem Eismann auch egal. Er hat diese Brut satt wie den Vater. Er nimmt eine Waffeltüte, die größte, die er hat, füllt sie mit Himbeer- und Waldmeistereis, zwei Sorten, die er auf den Tod nicht mag, und drückt sie Olaf aufs Haar, als Hütchen, das sich keck nach oben reckt.

– *Das ist die beste Stelle! – Günther ist zufrieden.*

– Sind Sie wahnsinnig?!!!

– Ein Missverständnis.

– Glauben Sie, das glaube ich? Ich bin doch nicht blind!

– *Das muss blöd heißen, sagt Susanne.*

– Du bist gemein, schreien die Kinder. Ganz gemein! Die Kinder, das sind wir! Du nicht! Du bist bloß ein Eismann!

Da schlägt der Vater den Eismann mit der flachen Hand mitten ins Gesicht. Der reißt die Arme hoch, bedeckt Augen und Nase mit der Hand, Blut tropft darunter hervor, was den Vater noch wütender macht. Patsch – noch einmal mit voller Wucht. Der Eismann geht in die Knie; seine weiße Hose ist rot gesprenkelt. Die Kinder umtanzen ihn:

– Eismann! Eismann! Dummer, dummer Eismann! und treten ihn in Rücken und Unterleib.

Susanne und Günther gucken mich irritiert an:

– Neeeee …

– *Na gut, andere Version:*

Der Ehemann hebt die Hand, der Eismann klappert zur Warnung zweimal mit der Eiszange, der Mann zögert, streckt den Mittelfinger doch nicht hoch, sondern ballt die Faust und – steckt sie in die Tasche, dreht sich abrupt um und geht. Die Kinder hinter ihm her.

– Unsere Mutter kannst du haben, brüllen sie, aber nur bis nachher, dann brauchen wir sie selbst!

– Ich heiße Andrea.

Die nächsten 20 Jahre sehen sich Andrea und der Eismann immer wieder im Großen Garten, wie zufällig. Sie nimmt ein Eis, er streichelt ihr die Hand, und beider Haare werden grau ...

Kollektivtext*
Blühzeugs und Grünkram
Juni

Ein kleiner Schönheitsbau erhebt sich mitten auf der großen Wiese. Sieht sich um, schnuppert, kuschelt sich ins lange, weiche Sommergras, döst.
Im Park des Fürsten Pückler Touristen, per Fahrrad unterwegs. Die Damen in Shorts, die Herren in durchhängenden Hosen aus Teflon, bunter als die Blumen.
Gartenfreunde aus dem Westen. Jetzt entdecken sie … Sie schieben ihre Räder näher.
Was ist denn das?
Die Seepyramide kann es nicht sein. Vielleicht das Gewächshaus? Oder irgendwas Sozialistisches? Ein DDR-Relikt? Der Schönheitsbau schüttelt sein Haupt.
Die Hobbygärtner rütteln an der Eingangstür, in voller Montur.
– *Tuffm im Zimbrabim,* ruft der Kastellan vom

Schönheitsbau. So geht das nicht!

– Wir dachten, hier ist das Gewächshaus!

– Das Gewächshaus ist da drüben. Dies hier ist der Schönheitsbau.

– Schönheit? Ihr hattet nicht mal Bananen! Und alle trugen Stonewashed! Aber zieht doch an, was ihr wollt.

– Das Wichtigste an Parks ist die Struktur und ihre Wirkung auf die Menschen, nicht die Bekleidung, sagt der Kastellan und denkt: Radfahrende Hobbygärtner haben für sowas keinen Sinn. Für sie gibt's nur Blühzeugs und Grünkram. Blühkram möglichst viel und bunt, Grünzeug mit Ertrag. Drumherum ein endloser Diskurs um Wachsen, Welken, Werteverfall.

– Entschuldigung, setzt der Kastellan noch einmal an, Sie wissen sicher, das Schöne entspringt einem Modus des Wahrnehmens. Nicht die Dinge sind schön – Stonewashed oder Pücklers Pyramiden – es ist der Blick darauf, der sie schön erscheinen lässt. So sehe ich an Ihnen, geehrte Radfahrer, liebe, sehr verehrte Urlaubsgäste, zwar farbenfrohe Unterwäsche, aber weder erscheint sie mir schön, noch kann man sie kritisch wenden. Man sollte sie am besten gar nicht wenden.

– Wer sind Sie überhaupt? Und was ist ein Kastellan?

– Gestatten: Hugo Ball.

– Hugo Ball?

Radfahrende Hobbygärtner kennen nur Hugo Boss.
Der Name steht auf dem Etikett. Kauf mich, ruft er.
– Wir kennen Hugo Boss!, rufen die Radfahrer, er ist
wie wir.
Aber Hugo Boss verabscheut Hobbygärtner in
farbenfroher Freizeitkleidung. Ein Herrenoberbe-
kleidungsdesigner bevorzugt Lichtgrau, Schwarz und
Anthrazit. Bunt gehört ins untere Preissegment.
Bunte Blumen, bunte Fische, bunte Vögel erfreuen
bildungsferne Unterschichten, besonders der
Mandrill.
Den Radfahrern wird übel. Ein Anfall von Selbst-
erkenntnis?
– Aber lieber Hugo Boss, sagt Hugo Ball, lieberlieber
Hugo, wenn die bunte Pflanze das nicht begreift?
Sagt der:
– Dann ärgert sie sich eben schwarz. Und wir
machen daraus unsere neue *Bamboo Luxus Line, black
in black*, gewebt in mondlosen Nächten in Kamerun.
Der Schönheitsbau klappt seine Augen zu und
kuschelt sich ins weiche Gras.
– Pssst, flüstert Hugo Ball und singt ihn in den Schlaf.
Leise, mit einem Lautgedicht:
Gadji beri bimba
jolifanti
zimbrabim.

(*Kollektivtext von Lutz Flörke & Vera Rosenbusch)

Vera Rosenbusch
Griechischer Mond
Juni

Ich kenne nichts Unbeständigeres als den Mond von
Samos.

Tagelang lässt er sich nicht blicken.

Wir sitzen spät abends auf unserem Balkon, schauen
aufs Meer und warten.

Und irgendwann, man bemerkt es zunächst nicht, erscheint ein zarter Faden Licht hoch am Firmament –
weit im Westen. Das ist alles.

In der nächsten Nacht steht er schon als Sichel über
uns. Von Abend zu Abend wächst er, und plötzlich,
kurz bevor er voll und rund scheint, grüßt er uns von
der anderen Seite des Himmelsgewölbes.

Knallorange und riesig steigt er weit im Osten hinter
den Bergen empor. Nein, er steigt nicht, er hastet, er
rast geradezu. Nach wenigen Minuten steht er ganz
oben hoch über dem Meer. Er drosselt das Tempo
und wechselt die Farbe von orange auf weißblond.

Bei seinem überstürzten Aufstieg hat er zwei Drittel
seines Volumens verloren.

Er spiegelt sich im Wasser, ein Mondsee glitzert im Meer, und zeichnet immer neue Wolkenbilder mit Silberrand ins Anthrazit des Nachthimmels.

Und jeden Abend kommt er später!
Mondaufgang 23:22 Uhr – Man fasst es nicht!
Wo war er in den drei Stunden seit Sonnenuntergang?

Und schließlich kommt er gar nicht mehr. Das Meer ruht schwarz und leer – bis der Mond von Samos Tage später sein Spiel von vorn beginnt.

Lutz Flörke
Abend mit Waldbrand
Juli

Hier möchte man nicht begraben sein. Und bald
wird's dunkel. Provinz, wo jeder jeden über'n Zaun
kontrolliert und das Übliche das Richtige ist. Im Bett
bleiben, wenn die Sonne scheint? Kannste vergessen.
Und doch liegen hier zwei zwischen Wacholder unterm kleinen namenlosen Findling.
– Mit Sondergenehmigung, sagt die Frau in roten
Slingpumps, die Haus und Garten zeigt.
Auf dem Grab die artigsten Gänseblümchen. Der
Siedlung den Rücken zugewandt, was sonst.
Celle, Bargfeld, Barsinghausen – da sitzen sie auf
ihren kleinen Grundstücken in ihren kleinen Häusern,
schauen in den kleinen Garten und niemand tritt vor
die Tür. Es sei denn, um gemeinsam über andere
herzuziehen.
Nicht immer bedeutet das gleich Gewalt.
Hoffmann schaut über den Zaun auf die Wiesen. Da
hinten müsste die Autobahn liegen, oder?
Provinz – da will man nichts als raus, in die Großstadt
und in die Literatur.

Blöd, dass er sich hat überreden lassen. Seine Freunde wollten unbedingt diese Dichterwohnstätte anschauen, er fährt bloß den Wagen. Jetzt stehen sie am Rande der bewohnten Welt. *Kühe in Halbtrauer?* Nicht mal das. Herbstlich verlassene Weiden, Knicks, Solitäre, Waldstückchen – Parklandschaft ohne Park.

– Ja, sagt die Frau, wer keinen Kontakt will, der hat auch keinen. Das war schon damals so.

Dass die mit ihren Absätzen im Garten überhaupt stehen kann. Klar, betonen den Fußrücken und verlängern die Beinlinie, aber im Herbst und draußen? Hoffentlich haben die beiden andern bald genug gehört und wir können losfahren, bevor es Nacht wird. Bevor die Einsamkeit uns überfällt, wie sie einen nur in so einer Gegend überfallen kann. Provinz: Raum ohne Spielraum. Oder Deister, Sex und dicke Bücher. Hoffmann freut sich auf die Elbbrücken, den hell erleuchteten Hafen, die achtspurige Ost-West-Straße, das erste Bier beim kleinen Griechen in Eimsbüttel.

– Die haben sich jahrelang praktisch nur aus dem Garten ernährt. Obst, Gemüse, Katzenfleisch ...

Hat sie Katzenfleisch gesagt? Er muss sich verhört haben. Hoffentlich springt der Wagen an ... Warum sollte er nicht. Wenn dies ein Horrorfilm wäre, würde er es nicht tun. Verweigert die Mitarbeit, zwingt zum Aufenthalt. Sie irren durch die Dunkelheit von Haus zu Haus, niemand sperrt auf, niemand sperrt zu. Manchmal zeigen sich am Fenstervorhang zusammengewachsene Finger, die an Inzucht erinnern oder an seltsame Wesen aus *nichteuklidischem* literarischem Raum.

Doch, doch, der Garten ist wirklich schön, Rasen, Sträucher, unter Bäumen ordentlich zusammengekehrtes Laub. Im Gestrüpp entblößt ein Wohnwagen sein Innenleben. Die Wand ist abgefallen, Dämmstoff quillt heraus, Vorhänge haben sich aufgehängt, Furnier fault.

Komm ins Offene, Freund! heißt es, nicht *komm nach Bargfeld!*

Komm! ins Offene, Freund! zwar glänzt ein Weniges heute
Nur herunter und eng schließet der Himmel uns ein.
Trüb ists heut, es schlummern die Gäng und die Gassen
und fast will Mir es scheinen, es sei, als in der bleiernen
Zeit.

Hölderlin.

Hoffmann steht am Grab eines anderen Dichters und fragt sich: Wie hat der das hier ausgehalten?

In diesem Behelfsheim aus der Nachkriegszeit hat er gewohnt? Trostlos. Direkt an der kleinen Veranda ist auf der runden Brunnenverkleidung aus Beton eine alte Kolbenpumpe angebracht. Hoffmann hebt und senkt den Schwengel. Ein Röcheln, ein fades Tröpfeln. In einer Ecke stehen Futter und Wasser für die Katzen. Die Marotte seiner Frau.

Drinnen duftet es nach alten Büchern, ein beruhigendes Aroma.

Das habe ich doch schon mal gerochen, denkt
Hoffmann. Ich habe das schon einmal gerochen.
Die Führerin stöckelt vorbei.
Er ist sich aber nicht sicher. Was hätte er hier zu
suchen gehabt? Freiwillig bringen einen keine zehn
Pferde her.
Die niedrigen Wände sind vom Boden bis zur Decke
mit Regalen bedeckt, Dämmstoff gegen die provin-
zielle Umgebung.
Da meldet sich eine Erinnerung und lagert sich dumpf
in der Magengegend.
Ein Regal steht frei im Raum; vors Fenster hat man
einen kleinen Schreibtisch gequetscht, mit so einer
uralten *Adler*-Schreibmaschine ohne Strom. Bücher,
Sessel, Ofen und Abgeschiedenheit, die könnten Hoffmann gefallen, die haben ihm einmal gefallen, oder?
Aber sich hier vergraben, während in der Großstadt
Publikum auf ihn wartet? Hat das Publikum denn damals auf den Bewohner des Hauses gewartet?
Das Schlimmste an der Provinz ist, man kann sich
nicht aussuchen, mit wem man zu tun haben möchte.
Schon mit 16 hast du alle interessanten Menschen
kennengelernt und hinter dir gelassen. Mit den Mädchen dasselbe. Bleiben nur Bücher. Hoffmann zieht
einen Band aus dem Regal. *Sitara und der Weg dorthin.*
– Ursprünglich, nachdem sie das Haus gekauft hatten,
wohnte er im ersten Stock. Gehen Sie gern nach

oben. Sie kennen ja sicher die berühmten Fotos vom Schreibtisch. Ich warte unten, wegen der Schuhe …

Hoffmann steigt durch die Falltür. Bücher, in jeder Ecke Bücher. Aber auch Couch und Fernseher. Wo ist der berühmte halbrunde Arbeitstisch?

– Der stand da in der Ecke, ruft sie von unten, sodass er einen weiten Blick über die Wiesen hatte.

Hoffmann schaut aus dem Fenster. Bäume. Die Aussicht ist zugewachsen. Hier saß der Dichter, schaute in seinen kleinen Garten, hinaus über die Landschaft, befahl dann energisch den Blick zurück in die Wildnis eigener Texte.

– In den letzten Jahren hat seine Frau oben gewohnt. Nach seinen schweren Herzanfällen …

Woher kommt diese Marotte, Stichwörter zu geben, als ob man die ganze Geschichte kennen müsste?

Sind sonst nur Fans zu Besuch? Naja, für seine Fans kann man nichts, oder?

Draußen wird es rapide dunkel.

– Das größere Gebäude da drüben? Ein brandgeschütztes Haus mit Tresor. Hat er nach dem Waldbrand bauen lassen …

Waldbrand? Hoffmanns Erinnerung schleicht sich heimtückisch vom Magen zum Herz. Das beginnt zu klopfen.

Katastrophenschutz, fällt ihm ein, Abend mit Waldbrand.

Es war im August. Hochsommer. Seit Wochen hatte es nicht geregnet in Norddeutschland. Die Heide lag unter einer Hitzeglocke, die Asphalt zum Schmelzen brachte. Zwischen Hamburg und Hannover, über Kiefernwäldern und Heideflächen, kletterten die Temperaturen tagelang über 35 Grad. Das Korn auf den Feldern stand halbhoch und wurde braun, in den Mooren und Tümpeln trocknete der Schlamm zu rissigen Brocken, Torfsoden verwandelten sich in pulvrigen Zunder, die letzte Feuchtigkeit entwich dem Boden.

Schon stolpert Hoffmann wieder in Knobelbechern und Blaumann durch Wald und Heide. Sitzt wieder neben der Feldküche des Arbeiter-Samariter-Bundes, schält Kartoffeln und denkt an die neue Freundin in der Ferne. Die tollste, schönste, wundervollste Frau der Welt, vielleicht ist sie das, aber wie soll er das genießen, ohne den Landkreis zu verlassen? Im folgenden Jahr wird sie nur noch eine dumme Zicke sein. Jetzt jedoch, während er im Akkord Gurkensalat in großen Plastikwannen anrührt, macht sie Urlaub in Paris. Klar, den kann sie nicht mehr verschieben, mit ihrem Ex, klar, mit dem ist nichts mehr, klar, Hoffmann glaubt alles und hält sich am Küchenmesser fest.

So gesehen kommt der Katastropheneinsatz gerade recht. Da hat er was zu tun. Der Gurkensalat ist fertig. Hoffmann leert zwei Liter Tomatenmark in den Kessel und träumt davon, woanders und weranders zu sein. Künstler werden, das wäre die Chance. Raus aus der Provinz, rein in die Bohème. Und die lebt bekanntlich in Böhmen, Böhmen liegt seit Shakespeare und Bachmann am Meer, und die Hauptstadt ist Paris. Aber wie wird man Künstler, wenn man aus dem Nichts kommt, aus Barsinghausen oder Bargfeld? Schreiben vielleicht, das könnte gehen, das ist wie Lesen, nur andersherum.

– Nie seit Menschengedenken hatten solche Waldbrände gewütet, dringt die Stimme in seine Gedanken. Vögel fielen wie Steine vom Himmel, verbrannte Erde hinter Flammensäumen, tote Wälder mit kahl gesengten Baumstämmen – verkohlte Schonungen, in denen nur die Kienäpfel nicht verbrannt waren; sie leuchteten wie frische Pfifferlinge auf dem schwarzen Boden. Vor den Toren Celles ein Inferno. Bei Eschede sprangen die Flammen über Bahn und Bundesstraße. Vom ersten Stock aus konnte der Dichter die Feuerwalze sehen. Das hat ihn sicher in Panik versetzt, ich meine, bei all den Büchern und Papieren. Und dann das Behelfsheim aus Holz. Man mag sich das gar nicht vorstellen, der alte Herr mit seinen Herzinfarkten und dann brennt rings um den Garten das Land. Ein Wahnsinn.

Was erzählt die mir?, denkt Hoffmann. Ich bin dabei gewesen! Ich habe es nur vergessen.

– Mehr als 8000 Hektar Forst. Einfach weg, sagt sie. Er erinnert sich an den penetranten Brandgeruch.

– 11000 Soldaten der Bundeswehr und britische Pioniere, Grenzschützer und 15.000 Feuerwehrleute aus sieben Bundesländern. Polizisten und zivile Katastrophenschützer.

Er hätte sich damals Notizen machen sollen. Abend mit Waldbrand. Ein Buch schreiben, wenigstens eine Erzählung. Aber aus ihm ist nun mal kein Dichter geworden. Dafür hat er ein regelmäßiges Einkommen und wohnt in einer Großstadt. Wenn er damals gewusst hätte ... Weshalb drüber nachdenken? Hoffmann war frisch beim ASB, keine Lust auf die aggressive Männertümelei beim Bund. Bloß nicht in die Kaserne. Lieber zehn Jahre Katastrophenschutz. Kaum hatte er sich gemeldet, brannten Wald und Heide. Er, ohne Sanitätsausbildung oder sonstwie nützliche Erfahrung, wurde der Feldküche zugeteilt. Sie lagerten in der Nähe einer Feuerschneise, die die Bundeswehr mit Panzern durch den Wald gefräst hatte. Warteten darauf, endlich loszulegen und Bundeswehreinheiten oder Feuerwehrleute zu versorgen, aber es kamen keine. Vergeblich bereiteten sie für 100 Leute Essen vor, dann schliefen sie in einer Scheune im wunderbar duftenden Heu, tranken Bier und warteten. Nachts träumte er eifersüchtig von der Freundin in Paris. Warum war er nicht mitgefahren oder nachgereist? Sie schrieb Briefe, zwei in drei Wochen. Unterwegs las sie Beckett, um ihn zu beeindrucken. Interessierte sich für Psychologie und ein Leben unter Künstlern. Ob sie jemals dort angekommen ist? Oder doch nur Therapeutin in der Provinz?

Einmal kam die Nachricht, die Flammenwand nähere sich. Die Küche wurde verlegt. Sie packten alles ein. Und wieder zurückverlegt, weil der Wind sich gedreht hatte. Sie packten aus. Im Wald begegneten sie einem vergessenen Bundeswehrsoldaten. Mit Sturmgewehr, ohne Verpflegung. Sie versorgten ihn mit Gulasch, Nudeln und Bier, bevor er sich ins Heu fallen ließ. Am Morgen stand er wieder auf Posten.

Hoffmann dachte: Das müsste ich wirklich notieren.

Eines Abends die Nachricht, in der Nähe solle sich ein Trupp Soldaten aufhalten, der Funkkontakt zur Leitstelle sei abgerissen, sie möchten doch bitte mal nachschauen, gegebenenfalls verpflegen …

Hoffmann wird losgeschickt. Mal gucken. Ihm ist sowieso langweilig.

– Kannst den *Frosch* nehmen.

Der *Frosch* ist ein VW-Käfer. Wie alle Wagen beim ASB hat er einen Kosenamen. Der große LKW heißt *Max*.

Kein Bundeswehrler zu sehen. Was ist das für ein Kaff? Bargfeld. Nie gehört. Da steht ein Mann. Mit einem Mal steht da vorm Gartenzaun ein alter Mann mit Kassengestell, kurzärmligem Nylonhemd und Krückstock. Steht plötzlich da und winkt.

Stop!, denkt Hoffmann und hält an.

Stop schreibt sich damals noch mit *einem* p am Ende, und das Haus, das er soeben besichtigt hat, steht schon hier.

Ob er einen Moment Zeit habe, fragt der Alte misstrauischen Blicks.

– Entschuldigung, ich bin im Einsatz.

– Darum geht's ja.

Der Wind wechsle immerzu die Richtung und treibe die Flammen schräg übers Land.

– Sogar ein Feuerwehrfahrzeug ist von den Flammen eingeschlossen worden. Fünf Tote, hat er im Rundfunk gehört.

Sorgenfalten auf der Stirn.

– Das war bei Gifhorn, entgegnet Hoffmann, nicht hier.

Er sei Dichter.

– Wie ist Ihr Name?

Nie gehört. Mit dem Namen will der Dichter sein? denkt Hoffmann. Sicher 'ne arme Sau, der keiner zuhört.

So stellt er sich Dichter nicht vor, nicht grau und alt, mit Spießerbrille und ohne Flair. Man wird doch Dichter, um der Provinz zu entkommen, der geographischen und der geistigen, nicht um alt zu werden ausgerechnet in Bargfeld.

Im Häuschen jedoch duftet es angenehm nach altem Papier. Bücher. Die niedrigen Wände mit Regalen bedeckt, da steht sogar eins als Raumteiler und vorm

49

Fenster ein kleiner Schreibtisch mit einer großen *Adler*-Schreibmaschine. Das sieht durchaus nach Schriftsteller aus. Vielleicht ein pensionierter Oberstudienrat, der hier sein Wochenendhäuschen hat und sonst in Celle lebt oder in Hannover.

Hoffmann lässt sich einen Schnaps einschenken. Oder denkt er sich das aus? Der Dichter trinkt nichts, holt stattdessen einige Bücher aus dem Regal, Schnabel, Schefer, Fouqué …

– Na wenigstens *Undine* kennen Sie. Und *Der goldene Topf.*

Hoffmann steht peinlich unbelesen vor einem Leben, das der Literatur gewidmet ist.

Im Zimmer nebenan ein schmales, karges Bett. Die Bücher lässt sich Hoffmann gefallen, aber das Bett? Nee. Bibliothek mit Doppelbett unter Zimmerpalmen und Blick auf Häuserschlucht mit Straßenbahn, Bohème, das wär's.

– *Der echte Künstler*, sagt da der Dichter, *hat von Berufswegen so viel mit dem Chaos zu tun, dass er es sich nicht leisten kann, auch im häuslichen Leben noch Bohème zu spielen – wie der Nicht=Künstler sich das meistens so vorstellt. „Künstler=Sein"?: das heißt 50 bis 100 Prozent mehr arbeiten dürfen als andere Berufe.*

Damit ist die Besichtigungszeit abgelaufen. Ob Hoffmann ihm einen Gefallen tun könne, jung und kräftig, wie er sei.

– ?

Er mache sich große Sorgen wegen des Holzhauses samt Inhalt. Falls das Feuer käme …

– Sie werden selbstverständlich evakuiert.

– Und meine Manuskripte?

– Leben geht vor.

Hoffmann sieht in den Garten der Gegenwart, starrt auf das Tresorhaus, denkt an den Grabstein und die Antwort von damals ist ihm peinlich.

– Junger Mann, antwortet der Dichter. *Der Künstler hat nur die Wahl, ob er als Mensch existieren will oder als Werk; man hektokotylisiert ein Buchstück nach dem andern, und löst sich so langsam auf.*

Hat er das damals wirklich gesagt? Haben sie sich tatsächlich hier getroffen? Oder denkt sich Hoffmann die Geschichte nur aus?

– Vielleicht können Sie wenigstens einen kleinen Koffer für mich aufbewahren. Für nach dem Brand. Wenigstens einen.

Hoffmann hofft, dass der nicht zu weinen beginnt. Doch der Alte starrt nur vor sich hin und blickt dann raus zum Wachholder, unter dem er inzwischen begraben liegt.

Nicht einmal einen Rucksack hat er, nur einen alten, schäbigen Koffer aus Pappe. Er steht noch heute unter der Garderobe im Flur. Hoffmann lässt die Schlösser aufschnappen. Natürlich leer.

– Bitte nicht anfassen!, meldet sich die Frau mit den roten Slings und klimpert mit den Schlüsseln. Sie will nach Hause. Ist ja schon ganz dunkel. Klar.

– Ich bin mit der Feldküche unterwegs, erklärt damals Hoffmann vergeblich.

– Das ist ja wunderbar, lächelt der alte Dichter, da wird sich ein Plätzchen finden.

Hoffmann weiß genau, wie das war. Alles fällt ihm wieder ein. Oder es fällt ihm nicht alles ein, aber er füllt die Lücken. Ja, er ließ sich überreden, ja, er nahm den Koffer, ja und? Nicht das war das Problem. Er packte ihn vorn in den *Frosch*, versteckte ihn später im Küchenwagen hinter den Gulaschdosen und brachte ihn schließlich unversehrt zurück. Die Flammen verschonten Haus und Garten, so dass man beide heute besichtigen kann.

Er atmet durch.

Damals hatte er ein eigenes Manuskript, ein Theaterstück, dessen Inhalt für ihn längst keine Rolle mehr spielt, in den Koffer zu den anderen gesteckt, in vager Hoffnung und mit eifriger Bitte.

– Ch kann ja ma reinguckn …, sagte der Autor.

Oder hat er das Gegenteil gesagt?

Oder das Gegenteil vom Gegenteil?

Nie kam eine Antwort.

Im Gegenzug hat Hoffmann auch kein Buch des Dichters gelesen und ist Steuerberater geworden, für Künstler. Reich macht einen das nicht.

– Sie sind ja ganz blass.

Sicher, denkt Hoffmann und starrt auf ihre mondänen Schuhe. Der linke Hacken versinkt bis zum Anschlag im weichen Rasen.

Wenn sie sich damals unterhalten hätten, also richtig über Literatur und so, dann … Was hätte nicht alles werden können.

Nun aber … Er hat einen Einfall. Eine Inspiration. Ein Gesicht. Dreht sich um. Stolpert stracks zurück ins Zimmer. Regal rechts, nein, links, nicht Karl May, sondern *Der goldene Topf.* Er blättert, schüttelt, raschelt. Natürlich, denkt er, in einer Geschichte wie dieser muss das so sein.

Eine Postkarte ohne Bild fällt heraus. Segelt, ganz langsam, durch den Bücherduft, gleitet, schwebt.

Bloß eine Postkarte, uralt, frankiert, gestempelt, schwebt und legt sich ihm zu Füßen.

Hoffmann rührt sich nicht vom Fleck. Hält den Atem an. Ihm wird ganz schwummrig, als er die Adresse liest.

Einfach in Ohnmacht fallen, denkt er.

Das funktioniert natürlich nicht.

– Möchten Sie ein Glas Wasser, fragt die Frau und zieht ihren Absatz aus dem Rasen.

Ein Stempel auf der Karte: *Empfänger konnte nicht ermittelt werden.* Falsche Postleitzahl!

So ein Trottel! Schreibt ihm vor Jahrzehnten eine Karte und verwechselt die Postleitzahl! Trottel, Idiot,
Versager!
Hoffmann dreht die Karte um:
– … wie kommen Sie dazu, 'n Buch schreiben zu
müssen?! … Sie hat doch 'ne *Mutter geboren und kein
Tintenfass!* Aber wenn Se Dichter werden wollen, na
bitte. Unbedingt!!

Kollektivtext*
Hansi! Hansi! Hansi!
Juli

– Wir treffen uns im Garten der Frauen!
Garten der Frauen? Dazu fällt ihm das *Hohe Lied
Salomo* ein. *Lass duften meinen Garten, lass strömen
meine Balsamöle! Mein Geliebter komme in meinen
Garten und esse meine köstlichen Früchte.*
– Okay, hat er gesagt, den Garten der Frauen find ich
gut. Kennst du das? *Die Quelle des Gartens bist du, mein
Brunnen lebendigen Wassers … Ein Lustgarten sprosst
aus dir …*
In der Mittelstufe hieß das bei Ihnen Bibelporno.
– *Der Garten der Frauen ist eine Gedenkstätte, in der
historische Grabsteine bedeutender Frauen aufgestellt
werden*, hat Ela kühl geantwortet.
Seltsamer Ort für ein Rendezvous. Ob Männer da
überhaupt rein dürfen? Na, egal. Hauptsache Ela. Ihre

Brüste sind wie zwei Kitzlein, wie die Zwillinge einer
Gazelle, die in den Lilien weiden.
– Nach 200 Metern rechts abbiegen, sagt die Navi-
Frau.
Eine Gesellschaft in Schwarz durchquert die Allee.
Nur Männer. Einsame Männer jeden Alters. Furchtbar!

Hansi parkt gegenüber dem Wasserturm. Was soll
das? Warum muss er sich diesen blöden Garten
antun? Er tut das nur für Ela, denn sie ist anders als
alle Frauen in seinem Leben. Trotzdem … Am liebsten
hätte er die Besichtigung schon hinter sich.
Auf seine Frage, warum gerade hier, hat Ela geantwortet:
– Im Garten der Frauen ist alles symbolisch. Eine
weibliche Ordnung der Welt. Alles ruht in sich und
seiner Bedeutung, verstehst du, da meint nicht der
eine dies und der andere das, da hat alles seinen fest
umrissenen Sinn, eben symbolisch. Das Vergissmeinnicht trägt in allen Regionen der Erde den gleichen
Namen, von Norwegen bis Japan. Und in den zu Boden geneigten Knospen des Veilchens findet eine
Selbstbefruchtung statt, die die Botaniker „geheime
Hochzeit" nennen.
Ela hat es mit Symbolen – die Frauen haben das alle.
Es gibt keine Bedeutungslücken im weiblichen
Kosmos. Jeden Quatsch müssen sie mit Sinn aufladen,

Veilchen, Unterleibserkrankungen, sogar Kaffee und Kuchen.

Neben dem Turm zwei Biergarten-Tische bedeckt mit weißen Papiertischdecken, voll besetzt. Zwei Fünf-Liter-Pumpkannen, vier Kuchenplatten. Eine Kaffee-tafel auf dem Friedhof? Seltsame Art, sich auf das Sterben vorzubereiten. Ist das bloß geschmacklos oder schon Altersschwachsinn?

Sie drehen die Köpfe zu ihm. Alles Frauen, alles ältere Semester. Sie lecken sich die Lippen; Sahne tropft zwischen den Zähnen hervor; sie lecken sich die Lip-pen noch einmal.

Er fühlt die Flasche in seiner Jackentasche. Gewiss: *Die Quelle des Gartens bist du ...* Aber dies Wasser des Lebens ist auch nicht zu verachten.

Eine Alte mit weißem Bubikopf kommt auf ihn zu, schaut ihm direkt in die Augen, sagt einen Satz, den er zuerst nicht versteht, nicht verstehen will. Sie fragt:
– Möchten Sie einen Kaffee?

Ein ganz normaler Satz. Redet die wirklich von Kaffee?
– Frisch gebrüht. Und vielleicht ein Stück von unse-rem selbst gebackenen Kuchen?

Kaffee und Kuchen. Askese mit Süßigkeit. Nur Frauen, Kaffee, Kuchen und er. Seit seiner Kindheit verfolgt ihn das Szenario. Mutter, Großmutter, zwei Tanten, eine Schwägerin – abgesehen von seinem Onkel Herbert war er das einzige männliche Wesen

inmitten von Frauen, die sich für Zu-kurz-Gekomme-
ne hielten. Und alle klagen den ganzen Tag. Jammern
mit Schlagsahne.

– Wir treffen uns hier jeden Sonntag, ehrenamtlich.
Die Alte lächelt so gewinnend, dass er ihr nicht böse
sein kann. Das ist ihr Trick. Ist Ela etwa Mitglied in
dem Verein? *Der Garten der Frauen breitet einen Teppich
des Gedenkens aus, gewebt aus abertausend
Erinnerungsfäden,* steht im Prospekt. Was sucht Ela
hier? Zum Sterben schön sieht sie aus, aber das ist
bloß eine Redewendung.

*Domenica, Kämpferin für die Rechte der Huren, Street-
workerin, St. Paulis großes Herz*, steht auf dem Plakat an
der Wasserturmtür. Auch so eine, der die Welt Un-
recht getan hat, denkt er. Großer Busen, große Prob-
leme, bestimmt nicht mein Typ.

– Wollen Sie die Domenica-Ausstellung ansehen?

– Das ist doch diese Prostituierte mit den großen
Brüsten?

Er hätte das nicht sagen sollen. Die Alte schweigt.
Schweigt ihn an. Damit er seinen Fehler einsieht.
Auch das kennt er aus seiner Kindheit. Das geringste
falsche Wort, schon verstummt das Miteinander.
Schweigend stoßen sie ihn aus, damit er etwas merkt.
Hansi! Hansi! Hansi!, raunen sie und drohen mit dem
Zeigefinger. Damit er murmelt: Tut mir leid. Zur Be-
lohnung gibt es ein Stück Kuchen. Mit der Geliebten
des Königs Salomo haben die nichts gemein.

– Ich bin verabredet. Mit einer Frau, sagt er.

Da horchen sie auf. Das hätten sie ihm nicht zuge-
traut.

– Sie heißt Manuela. Groß, blond, Anfang vierzig.

Die Damen blinzeln unbestimmt. Also gehört Ela
nicht zu diesem Verein, wenigstens das.

– Probieren Sie den Stachelbeer-Baiser. Köstlich.

Die mit dem weißen Bubikopf lässt nicht locker.

– Der Schoko-Streusel ist auch zu empfehlen.

Nehmen Sie am besten ein Stück mehr.

Sie lächelt wieder so gewinnend, dass Hansi mit dem
Fuß aufstampft und brüllt:

– Nein, verdammt nochmal! Nein! Nein! Nein! Ich
will keinen Kuchen!

Er war der einzige Mann am Kaffeetisch, der einzige
für fünf Frauen. Fünf Stück Torte wurden für ihn
reserviert.

– Ach, nimm doch noch ein Stück, das verwächst sich.

Außerhalb der Kuchen-Orgien gestatteten sie sich
nichts und achteten eifersüchtig darauf, dass keine
von ihnen sich mehr erlaubte.

Drei Seelen, denkt er, wohnen, ach! in meiner Brust:
Hansi, Hansi und Hansi. Die erste möchte sich bei
Frauen lieb Kind machen, die zweite hasst Zu-kurz-
Gekommene, die dritte ergibt sich dem Wodka.

– In zehn Minuten beginnt eine Führung, aber Sie dürfen sich die Lebensläufe der Frauen gern auch alleine
durchlesen.

Was sollen das für Lebensläufe sein?, denkt er und streift mit seinem Fuß einen toten Eichkater, an dem Ameisen knabbern.

Der Garten der Frauen ist ein Idyll. Kugelig gestutzte Büsche, Rosenbögen. Die Büsche, die Beete, die Wege, alles rund. Und ohne Unkraut. Die Frauen seiner Kindheit wären gern hier spazieren gegangen. Sie waren so stolz auf ihre Vorgärtchen, auf Veilchen und Vergissmeinnicht, aber gegen Giersch und Löwenzahn, gegen alles, was wild wuchert und sich nicht beherrschen lässt, führten sie einen aussichtslosen Kampf. Sie jammerten vom März bis zum November über das Unkraut und von November bis März darüber, dass es wiederkommen wird. Solange man jammert, ist man nicht tot.

Was soll denn das? Hansi blättert in den Aluminiumtafeln auf einem dieser Lesepulte, die hier überall herumstehen. Lebensläufe in Metall. *Denn das Gedenken und die Erinnerung kennen kein Ende. So wie der Tod auch nichts Endgültiges hat, solange er begleitet wird von einer Weggefährtin, die „Erinnerung" heißt,* liest er. Na und?! Er will sich nicht erinnern. *Berauscht euch an der Liebe!,* steht bei Salomo.

An jeder Ecke diese Lesepulte. Warum müssen Frauen so viele Worte machen um ihr bisschen Leben? Weil sie nicht wahrhaben wollen, wie unwichtig sie sind? Was *er* erlebt, fühlt, denkt, dafür interessieren sich die Frauen nicht. Das war damals so, das ist

heute so und übermorgen wird es auch so sein. Sie
wollen, dass er bei ihnen zu Hause Kuchen isst, den
Garten bewundert und ihre Tüchtigkeit lobt.

Mein Geliebter komme in meinen Garten und esse meine
köstlichen Früchte! Von wegen köstliche Früchte. Er
soll Kuchen essen und zufrieden sein. Sich von anderen Frauen fernhalten und zufrieden sein. In die Ferne
streben und zu Hause zufrieden sein. Sie opfern sich
für ihn, vergällen einander das Leben und erwarten,
dass sein Erfolg draußen in ihr Vorgärtchen zurück-
strahlt.

Er nimmt einen Schluck. Saufen ist männlich, Kuchen-
essen nicht. Obwohl … Auch Alkohol wurde kre-
denzt, die Frauen haben ordentlich geschluckt. *Ei-Ei-Ei-*
Verpoorten und *Eckes Edelkirsch.* Nichts Richtiges.

Ela ist anders. Sie sagt nicht, sei zufrieden. Selbst
wenn er es wollte. Sie sagt, mach was aus dir!
Deshalb liebt er sie. Aber er hasst sie auch. Sie würde
niemals einen lieben, der trinkt.

Mein Geliebter ist ausgezeichnet vor Tausenden. Seine
Schenkel sind Marmorsäulen, auf Sockeln von Feingold.
Sein Mund ist voll Süße; alles ist Wonne an ihm.

Wenn sie ihn liebte, könnte er das Trinken ganz leicht
aufgeben. Aber bei seiner Ex hat er es auch nicht geschafft, weniger zu trinken. Er trank immer mehr. Er
ist eine Flasche.

Ela hat nicht den Wunsch, ihn mit Kuchen vollzustop-
fen. Er sehnt sich nach den Nicht-Problembeladenen,

und das sind nun mal die großen Blonden. Blonde, lange Haare, nicht diese Kurzhaarschnitte wie die Kuchenweiber. Ela jammert nicht, statt Kuchen gibt es Sex, und sie könnte jetzt wirklich mal kommen.

Vielleicht hat sie wieder ihre Migräne, mit der sie sich letzten Sonntag entschuldigt hat.

Zwanzig Minuten ist sie schon überfällig. Ihr Handy ist natürlich tot. Totes Handy auf dem Friedhof. Letzte Woche hat er es drei Tage und Nächte bei ihr versucht; immer war da bloß ihr elektronischer Männerabwimmler. Endlich ihre Stimme:

– Ruf nicht immer an! Tu etwas!

Und wenn sie Schluss macht? Weil er so ein Bübchen ist, verwöhnt und dicklich, weil er auf Torten steht und trinkt? Ein Ende im Garten der Frauen, zwischen Gräbern? Ziemlich melodramatisch.

Ach, Ela, ich dachte, du wärst anders. *Früh wollen wir dann zu den Weinbergen gehen. Dort schenke ich dir meine Liebe.*

Sie wird nicht kommen. Er öffnet den Schraubverschluss.

– Wohl bekomm's! Die Bubikopffrau steht hinter ihm.

– Schönen Gruß von Ela. Sie mögen sich einen Augenblick gedulden.

– Wo?

– Sie sitzt an unserer Kaffeetafel und informiert sich über Urnenbestattung. Ein Urnengrab ist

62

ausgesprochen günstig, und bedenken Sie: In zehn Jahren könnte der Preis sich verdoppeln.

Da hat Hansi genug von Grabstellen und Sahnetorten, Kaffee und Sepulkralkultur. Bitte, wenn sie sich lieber zu den Klageweibern setzt! Vorbei! Warum hat er sich überhaupt darauf eingelassen? Er stürmt los, schlägt Haken, rennt über den Friedhof. Nach einer Viertelstunde entdeckt er eine Bank hinter Brombeergebüsch. Er leert den Wodka in einem Zug. Die Männer in Schwarz ziehen vorüber und nicken ihm zu.

Stark wie der Tod ist die Liebe. Aber der Tod ist eine Frau.

(* Kollektivtext von Lutz Flörke & Vera Rosenbusch)

Vera Rosenbusch
Die Puppe. Eine Skizze.
Juli

Gregor zieht mit einer lebensgroßen Puppe durch die Stadt.
Er nennt sie Juliane.
Sie ist einen Kopf größer als er.

Wer ist die echte Juliane?
Eine Medienfrau?
Leiterin des kulturellen Worts beim Rundfunk?
Stellvertretende Leiterin?

Sie ist acht Jahre älter als er.
Ist sie schön?
Sie ist die Frau eines berühmten Künstlers und die Ex eines noch berühmteren.
Sie selbst ist keine Künstlerin.

Nach einer aufregenden gemeinsamen Nacht hat sie Gregor zurückgewiesen.
– Im Leben sind wir vom Tod umgeben, hat sie gesagt.

Da hat er die Puppe gebastelt, die aussieht wie sie: lange Haare, rote Lippen, runde Brüste. Ein plumpes Gebilde aus weißem Baumwollstoff, gefüllt mit Gänsedaunen. Nackt.

Du bist ein Genie, hat sie gesagt, ich spüre das. Es klingt vielleicht lächerlich, aber es ist meine Leidenschaft, Genies zu entdecken. Schöpferische Begabung erregt mich, auch erotisch.

Er fährt mit der Puppe zu ihr in die Isestraße. Setzt sich vor dem Haus auf die Stufen. Er weiß, um diese Zeit ist sie nicht zu Hause.

Leute gehen vorbei. Gucken, gaffen, glotzen.
Verächtlich.
Die verstehen nichts.

Dies ist eine Kunstaktion!, ruft er. Ihr habt ja keine Ahnung.
Damit zeigt er Juliane, dass er ohne sie nichts Großes schaffen kann.

Eine Nachbarin bleibt stehen, fragt:
– Kann ich Ihnen helfen?
Gregor richtet sich auf. Dies ist eine Kunstaktion, erklärt er mit fester Stimme.
Sie fängt heftig an zu lachen. Anfallartige Lachsalven.

Er geht in die Kunsthalle, löst zwei Eintrittskarten.
Die Aufsicht verlangt, dass er Juliane an der Garde-
robe abgibt.
Schreierei in der Eingangshalle. Es hallt entsetzlich.

Er rettet sie.
Mit der Puppe im Arm flieht er in die U-Bahn. Eine
alte Frau empört sich über den belegten Sitzplatz.
Gregor nimmt Juliane auf den Schoß und liebkost sie.
Die alte Frau wendet sich pikiert ab.

Er lässt sich mit der Puppe auf dem Ohlsdorfer Fried-
hof einschließen. Es wird schon dunkel. Sommernacht.
Er sucht eine Gruft. Dort möchte er mit ihr die
Nacht verbringen.

Sie streifen durch leere, weite, rasengesäumte Alleen.
Zwischen Roseneibisch und Kriechwacholder findet
Gregor drei Totenhäuschen. Die Mausoleen stehen
um einen gemeinsamen Vorplatz, gerahmt von Buchs-
baumhecken und Bänken, die Rückenlehnen mit guss-
eisernen Efeuranken verziert.
Seltsames Idyll. Ein bisschen geheimnisvoll, ein bisschen unheimlich.

Im Inneren eine Trauernde aus Marmor, die Hände
hält sie vor dem Gesicht.
Särge sind nicht zu sehen. Vermutlich eingemauert.

Er erblickt zwei Rattansessel, rote Wolldecken für kühle Tage, auf dem Sims ein Strauß aus meterhohen purpurroten Rosen, etwas angestaubt. Sehen aus wie echt.

Er drückt die Scheibe ein, öffnet die Tür und trägt sie über die Schwelle.

Am nächsten Morgen findet eine Friedhofsgärtnerin die Puppe. Geköpft in einem Abfallbehälter.

Vera Rosenbusch
Japanischer Lieblingsgarten
August

Am Stephansplatz bremst und beschleunigt die Auto-
karawane.
fschhhhh, fschhhh, wrooooomm, ijiiiiiiiiiiih.

Der japanische Landschaftsgarten ist eine Welt aus
Lichtgrün, Schwarzgrün, Silbergrün. Mitten in der
Großstadt.
Zwischen Felsbrocken und kugelig gestutzten Kiefern
sprudelt ein Bächlein über ein handbreites Wehr.
Am Ufer leuchtet Schmetterlingsflieder veilchenblau,
blaulila, indigo. Hummeln und Schmetterlinge um-
schwirren hunderte von Trauben aus tausend winzi-
gen Blüten, stecknadelkopfklein.
Großmütter, Enkelinnen, Büroangestellte, Liebespaare
dämpfen die Stimmen.
Lautsprecher-Fetzen vom Dom und vom Dammtor-
bahnhof wehen herüber: *„GewinneGewinneGewinne!"*
„Vorsicht an der Bahnsteigkante ..." *„Mitmachen!"*
„Dabeisein!" *„Jetzt wieder zusteigen! Eine neue Fahrt
beginnt."*

fschhhh, fschhhh, wrooooomm, ijiiiiiiiiiiih.

Maulbeerblätter säuseln, im Bambuswäldchen gurrt eine Taube.

Die Stimmen der Stadt sind da, doch sie klingen gedämpft, fremd, beinahe … japanisch.

Sch, sch, omm, ji.

Kollektivtext*
St. James's Park
August

Lizzy betritt St. James`s Park.
Sie sieht: sattes Grün.
Sie denkt: Ist da was Aufregendes?
Der Park ist friedlich. Rentner, Großfamilien, Wasser-
vögel, Grauhörnchen tummeln sich, so bunt, so wuse-
lig. Auf den ersten Blick ein Idyll.
Friedliche Menschen im friedlichen Park.
Alle tragen Sonnenbrillen.

Lässig lässt sie sich in einen grün-weiß gestreiften
Deckchair fallen.
Ihr Begleiter, ein groß gewachsener alter Herr ohne
besondere Kennzeichen (Jeans und Polohemd),
streicht ihr über die Kurzhaarfrisur in leuchtendem
Orange und bettet ihre Füße auf den Liegestuhl.

Lizzy betrachtet die Großfamilien und die einsamen Alten ringsherum.

Mütter aus allen Teilen des Commonwealth schieben Kinderwagen um den Weiher, ein Chinese im Business-Anzg schraubt an seiner Kamera, Angestellte wickeln Sandwiches aus, schlohweiße Gentlemen lüften ihre stocksteifen Schnurrbärte.

Alles ruhig. – Oder allzu ruhig? *Ich kann der Vorsicht nicht zu viel gebrauchen; ich weiß, daß sie mir lauernd Netze stellen.*

Auf Buckingham Palace flattert der Union Jack. Dort residiert die greise Elisabeth, Oberbefehlshaberin aller englischen Agenten.

Lizzy schließt die Augen. Sie stellt sich vor, wie Unsichtbare zu ihr herüberstarren, aus Büschen, aus den Baumkronen. Sie begaffen ihr Zipfelshirt in Bonbonrosa, ihre 120 Kilo, das zarte Mädchen aus Perlenstickerei, das über ihrem Busen schaukelt.

Viele halten sie für eine Künstlerin. Wenn die wüssten! Gewiss, sie ist eine auffällige Figur. Ihr schrilles Styling lenkt ab von ihm, dem Unauffälligen. Nur auf den ersten Blick ein Ehemann. In Wirklichkeit einer der ganz großen Spione des Vereinigten Königreichs!

Der treue Dudley rückt einen zweiten Deckchair heran. Obwohl er auf die 70 zugeht, ist er immer noch ein attraktiver Mann. Etwas langweilig vielleicht, aber gut-aussehend. Entsprechend hat er's mit den Frauen, leider.

Lizzy hat ihn persönlich angeworben. Bis heute ist sie seine Agentenführerin im Auftrag ihrer Majestät. Kein Mensch, der sie hier so sitzen sieht, würde das glauben. Manchmal glaubt sie selbst es kaum. Von Jahr zu Jahr wird es schwieriger, Dudley davon zu überzeugen, dass sie schon beruflich über jeden seiner Schritte informiert sein muss.

– Warum?, fragt er.

– *There are more things in Heaven and Earth, o Dudley,* antwortet sie, *than are dream't of in your Philosophy.*

Sicherheitscheck. Da ragt etwas aus dem Teich, mitten zwischen den Blesshühnern. Ein Stock, ein Zweig, ein Rohr? Aber selbst wenn es ein Stock wäre, weshalb ragt er dort heraus? Es gibt nichts, was nichts bedeutet!

Es könnte sich um das Periskop eines Miniatur-U-Bootes handeln, das sie beobachtet. Geheimdienste? Islamisten? Waffenhändler? Die chinesische Wirtschaftsmafia? .

Geht es um die Rettung der freien Welt oder um die Rettung ihrer Ehe? Es ist wohl doch nur ein Stock im Teich.

Manchmal rufen namenlose Geheimnisträger mitten in der Nacht bei Dudley an, murmeln Unverständliches. Wenn sie rangeht, legen sie auf.

Sie ist nicht irre. Mit einer Hälfte ihres Gehirns weiß sie, man muss seinem Leben einen Tief-Sinn verpassen.

Ein Kassierer in neongelber Weste baut sich vor ihr auf. Offenbar neu hier. Sie entsichert ihre Walther PPK/S. Nein, er will bloß Geld. 2 x 1,50 Pfund Leihgebühr für die beiden Deckchairs. Dudley zahlt und Lizzy lächelt ihrem Begleiter zu:

– Cherry-Cherry-Lady, Blueberry Hill und Chocolate Chips. Sei doch so gut … Aber nicht von der Bude nebenan, sondern vom Eismann vor St. James's Palace. Man muss ihn beschäftigen, damit er nicht auf Gedanken kommt.

– Geheimauftrag? Er lacht und trabt los.

Dudley ist ihr ergeben. Er ist zwar nicht der Hellste, aber 100 Prozent loyal. Was immer er tut – er tut es für die Königin. *Verzeiht mir meinen Zweifel.* Da ist Lizzy sich ganz sicher. Obwohl, in letzter Zeit ist er so unruhig, so viel allein unterwegs.

Das Grauhörnchen, das gerade über den Rasen pest, ist nicht irgendeins, sondern Harry 008. Schon sitzt er zu ihren Füßen, nimmt die Begrüßungsnuss entgegen und zwinkert ihr zu. Immer etwas nervös, der

Kleine. Naja, Grauhörnchen eben, Migrant aus Nord-amerika. Sie reicht ihm noch eine Nuss. *Würdig ists der großen Seele der Elizabeth, dass sie des Herzens schönem Triebe folge* …

– Okay, winkt 008, alles unter Kontrolle.
Harry wuselt ins Gebüsch. Auf den Kleinen ist Verlass. Er ist ein Meister darin, sich vor aller Augen unsicht-bar zu machen. Wie Dudley.

Der indische Familienchef fotografiert, wie sein Achtjähriger mit schwarzem Turban die Karre mit seiner Schwester über die Liegewiese schiebt. Die Locken der Kleinen sind mitten auf dem Kopf mit einem knallrosa Gummi zusammengebunden.
Harry, das Hörnchen schleicht sich hinter einem Regenbogenfarn an die Sikh-Großfamilie heran. Natürlich, er hat was vor. Aber was?

Er nimmt Anlauf. 008 greift ein.
Er schnappt sich tatsächlich die Kamera. Natürlich. Sie begreift, der Inder hatte sie im Visier! Der Kleine sprintet unter dem Geschrei von Papa, Kindern, Tant-en auf den nächsten Baum und durchs Geäst davon. Lizzy kichert in ihr Doppelkinn.

Aber wo bleibt Dudley? Weshalb passt er nicht auf sie auf?

In letzter Zeit ist er oft abwesend. Lacht nicht, wenn sie lacht.

Dudley scheint ihr manchmal reichlich naiv. Könnte er überlaufen? Ist er vielleicht schon übergelaufen zu den Feinden der Königin? Erwartet ihn auf der anderen Seite des Teichs eine zweite Agentenführerin? *Kein Eisengitter schützt vor ihrer List.*

Ein Klicken lässt sie aufhorchen. Hinter dem Brombeergebüsch hockt das Grauhörnchen und fotografiert eine Chinesin mit grüngefärbtem Haar.

Da! Dudley unterhält sich mit dem grasgrünen Bubikopf. Wiegt 25 Kilo weniger als Lizzy, nennt sich Ma-Ly und schaut mit Kirgisenaugen über den Teich. Tatsächlich Kirgisenaugen. Kommt sie vom 中華人民共和國國家安全部?

(Ministerium der Volksrepublik China für Staatssicherheit)?

Wenn sie ihn nachher fragt

– Wo warst du?, kommt er mit Ausreden:

– Am Trafalgar Square war ein Verkehrsstau.

Ein kurzes Pling aus ihrem Smartphone: *Sie haben eine Nachricht. Auf Harry 008 ist Verlass. Alte Schule MI 6.* Sie loggt sich ein, und schon hört sie Dudley mit der Asiatin turteln – live!

– *Ich seh die Netze, die uns lings umgeben*, gurrt das Biest.

– Ich fühle Mut, sie alle zu durchleißen, haucht Dudley.
– Laselei ist diesel Mut, flüstert Ma-Ly.
Sie stehen sich gegenüber, Abstand 30 Zentimeter –
29 – 28 –
Gleich werden sie sich küssen. Wenn er sie küsst, ist
der Verrat offensichtlich, denkt Lizzy. – Da fährt so ein
blöder Wagen ins Bild, der die Mülleimer leert, und
versperrt ihr die Sicht. Als er weiterfährt, stehen
Dudley und die Chinesin sich gegenüber wie zuvor.
Die Verbindung bricht zusammen. Sorry. Akku alle,
winkt 008.

Da steht Dudley mit seinem Schafsgesicht neben
Lizzy.
– Ist es gestattet?
Reicht ihr einen Pappbecher.
– Schönen Gruß von Charles.
Weil die Eisbude vor der Haustür des Thronfolgers
steht? Schwacher Scherz. Wo ist das Eis? Ist es ihm
durch die Finger getropft, als er mit der Chinesin
tuschelte? Oder will er Lizzy etwas mitteilen? Sie
sieht ihn fragend an. Wenn er jetzt zwinkerte, ihr jetzt
mit ironischem Mundwinkel zu verstehen gäbe, die
habe ich schön eingewickelt … Alles wäre gut. Er
zwinkert nicht.

Sie schnuppert am Getränk.
Martini!

Warum Martini? Und warum in zwei ineinander ge-
schobenen Pappbechern von Starbucks? Zufall,
Schlamperei oder doppelter Boden? Sie schüttet das
Zeug ins Gras, reißt beide Becher auseinander,
zerfleddert die Pappe. Nichts.

Sie fragt:
– Was hast du mit der Chinesin geredet?
– Welche Chinesin?
– Okay. Wo bist du gewesen?
– Psst, sagt er.
Er leugnet. Natürlich, denkt sie, er leugnet ja immer
alles.
– Was hast du mit der Chinesin?
– Da war keine Chinesin!
Aha! Er lügt!
In allem andern ist er mächtig, nur in diesem zarten
Punkt ist er der schwächste Mann an diesem Hof.
– Die, mit der du geredet hast.
– Ach die Kirgisin! Wollte wissen, wie sie zum
Buckingham Palace kommt.
Er lügt, ohne rot zu werden.
– Entschuldige mich bitte, ich muss mal eben …
Er verschwindet Richtung Toilettenhäuschen.
Da sitz ich in fürchterlicher Einsamkeit – verstoßen,
verworfen.

Nein, Lizzy ist nicht eifersüchtig, nicht wie alle, wirklich nicht. Sie ist Agentenführerin. Agenten sind einsam; aber sind das nicht alle in der Massengesellschaft?

Vor ihr auf dem Rasen liegen zwei Banklehrlinge und knutschen rum.

Wie banal, wie schäbig das ist.

Treibt Dudley ein doppeltes Spiel?

Sie kann ihn nicht einfach auf die Straße werfen, schließlich ist sie nicht nur Ehefrau, sondern auch dem MI6 verantwortlich.

Womöglich betrügt er seit Monaten seine Königin.

Ein Deckchair-Kassierer erscheint, ein anderer als vorhin, ebenfalls in neongelber Weste.

– Hello, sagt er. Und will Tickets sehen.

Lizzy hat sie verkramt, verloren, was weiß denn sie.

– Sicher hat mein Mann sie eingesteckt. Er ist gleich wieder da, sagt sie.

– Jaja, wo haben Sie Ihr Ticket?

Gehört auch er zum 中華人民共和國國家安全部?

– Macht 3 Pfund.

Ist er wirklich bloß ein Deckchairman? Sie hat keine 3 Pfund.

– Okay, Lady, ziehen Sie keine Show ab.

Wo bleibt Dudley?

Sie kann doch nicht zu dem Deckchairman sagen, hör zu, Secret Service – alles klar?
Dudley vergnügt sich außerhalb ihrer Rufweite am anderen Ufer des Teichs. Schon wieder die Chinesin mit dem grünen Kurzhaarschnitt.

Nachher wird er wieder sagen: Ich wusste ja nicht, dass du wartest.
Das tut er nur für seine Königin, redet sie sich ein.
Was immer er mit der Chinesin hat – das ist Agententätigkeit.
Andererseits …
– 3 Pfund, wiederholt der Deckchairman.
Sie kann den Kerl doch nicht einfach umlegen.

Da greift Harry ein, und ab geht die Post. Seine Agenten umschwärmen zwei Zweijährige, deren Eltern und Tanten. Die Kleinen halten Brotkrumen in den Händen. Tauben füttern für Anfänger. Doch Moment … Hat man das gesehen! Die Vögel flattern auf, setzen sich auf Hände, Oberarme, Schultern der Kinder – und knips. Das war's, denken die Zuschauer. Aber Harrys Tauben sind nicht blöd. Ja, wo kommen denn die Krümel her? Genau, vom Toastbrot aus dem Netz zwischen den Griffen der Kinderkarre. Fünf, sechs gefiederte Angreifer kreisen über der Familie. Die anderen fliegen die Attacke. Sturzflug und Direktversorgung. Kinder kreischen, Mutter fuchtelt, Vater ballt die Faust. Umsonst! Die Karre bekommt Übergewicht und schliddert mit dem Toastbrot und dem Kleinsten Richtung Weiher.

Der Deckchairman lässt ab von Lizzy, sprintet, stolpert, hechtet, verfehlt die Karre, schlägt hart auf.

Muss zusehen, wie das Gefährt das Ufer erreicht, unentschlossen neben dem Wasser trudelt – und schließlich im Schilf hängen bleibt.

So weit so gut. Dudley turtelt immer noch mit der Chinesin.

Das Wagestück ist zu gefährlich.

Auch das Säumen ists!

Lizzy hebt ihren Körper aus dem Liegestuhl und geht. Sie sagt:

– *Der Lord lässt sich entschuldigen, er ist zu Schiff nach Frankreich.*

Harry begreift: Liquidieren! Sofort!

Er zückt die Kamera.

Sie weiß genau, was jetzt passiert.

O die Sprache hat kein Wort

Für diese Hölle!

Auf dem saftig grünen Rasen liegt regungslos ein grüner Haarschopf.

Armer Dudley.

(*Kollektivtext von Lutz Flörke & Vera Rosenbusch)

Vera Rosenbusch
Rosen für Jan Fedder
September

Wenn Wetter und Terminkalender es erlauben, sitze
ich auf dem Ohlsdorfer Friedhof und schreibe. Hinter
mir eine hohe Hecke, ringsherum eine freundliche
Lichtung. Alle naslang werde ich von Leuten angesprochen, die Jan Fedders Grab suchen. Es liegt gleich
um die Ecke. Vier Jahre nach dem Tod des Fernseh-
stars reißt der Besucherstrom nicht ab.

Ein schnörkeliges Schmiedeeisentor, umrahmt von
roten Plastikrosen, führt zu seinem Grab. Unter
dunklen Eiben ringt eine lebensgroße Trauernde die
Hände. Davor ein drei Meter breites Herz aus
weißen, rosa und hellblauen Hortensien.
Verstehe: Hortensien blühen, welken und vergehen
wie Gefühle. Plastikrosen bleiben.

Meist sind es Ehepaare im Rentenalter, viele mit E-
Bikes unterwegs, die Herren in Bermudashorts, die
Damen in hellen Sommerhosen.
Was suchen sie an Jan Fedders Grab?

81

Liebe ist unsterblich steht in goldenen Buchstaben auf dem Grabstein.

Ob sie an die Unsterblichkeit der Liebe glauben?

An die Liebe unter Ehepartnern?

Ob sie ihren lieben?

Gewöhnlich besucht man auf dem Friedhof Familienangehörige. Haben die Besucherinnenpaare den Schauspieler, der 30 Jahre lang in ihren Wohnzimmern präsent war, in ihre Familien aufgenommen? Oder fahren Sie hierher, weil ihre Nachbarn und Freunde bereits da gewesen sind?

Ich frage mal.

– Warum?

– Er hatte das Herz auf dem rechten Fleck.

– Er ist auf dem Teppich geblieben.

– Großes Herz und raue Schale.

– Ganz viel Herz.

– Wir haben ihn so oft im Fernsehen gesehen, da sind wir ihm wohl einen Besuch schuldig, erklärt ein Mann im rotkarierten Freizeithemd.

– Ein Volksschauspieler, sagt ein übergewichtiger Herr mit Baseball-Käppi. Einer von uns.

– Wie Loki Schmidt, uns Uwe und Heidi Kabel, ergänzt seine Ehefrau, die den Fahrradhelm über einem Strohhut festgeknotet hat. Wenn der wichtig ist, strahlt das auf uns Hamburger aus.

Achso.

– Wir gucken immer *Neues aus Büttenwarder*, das
genügt wohl als Erklärung, gibt eine 70-jährige mit
blondem Zopf zurück. Es klingt etwas schnippisch.
– Wir sehen ihn ja öfter als unsere erwachsenen
Kinder, bemerkt eine andere Ehefrau, und schwingt
sich aufs Rad.

Kaum jemand bleibt länger als zwei Minuten.
Einige Besucher hinterlassen Plastikblumen, Herzen,
kleine Engel, selbstbemalte Steine, Selbst-Gereimtes,
ein Spielzeug-Polizeiauto. Ein verschnörkelter
Briefkasten sammelt *Post für Jan Fedder*.
– Seine Frau leert ihn, erklärt mir eine Besucherin,
und manchmal antwortet sie sogar.

Auf YouTube schaue ich mir die Aufzeichnung der
Live-Reportage von der Trauerfeier im Michel an.
– *Jan Fedder hat sie vor seinem Tod selbst inszeniert, und
seine Witwe Marion erfüllt ihm diesen letzten Wunsch,*
erläutert die Moderatorin von Bild TV.
Unterm schwarzen Blazer trägt sie ein schwarzes
T-Shirt, die Lippen sind knallorange geschminkt.

Auch die Außenreporterin vor dem Michel hat lange
blonde Haare und ist schwarz gekleidet.
Ihr meistbenutztes Adjektiv ist *emotional*.
– *Eine unfassbar emotionale Stimmung.*
– *Heute ist die ganze Stadt in Trauer, das ist ein*

Ausnahmezustand, der wirklich sehr emotional ist.
Die Moderatorin dankt ihr *für diese wirklich sehr*
emotionalen Eindrücke. Ein unfassbar emotionaler
Moment. Absolut rührend. Gänsehaut pur.

Die Glocken läuten. Die Trauerfeier beginnt mit dem
Einzug der Witwe. Die Moderatorin nennt sie *Marion*
wie eine gute Bekannte. Im hautengen, hochgeschlos-
senen schwarzen Kleid schreitet sie durch die Kirche
wie ein Star zur Oscar-Verleihung.

Einmal muss es vorbei sein ..., erklingt Jan Fedders
Stimme vom Band. Einmal *muss* es vorbei sein?
Stimmt doch gar nicht. Einmal *wird* es vorbei sein.
Was ist so reizvoll an der Vorstellung, sich einem
Muss zu unterwerfen?

Auf dem üppigen blonden Haar, das die Witwe zu
einem Dutt zusammengesteckt hat, thront ein
neckisches Hütchen mit winzigem Schleier –
traditionell ein Zeichen für Trauer. Allerdings ist der
Schleier zu kurz, um ihre Augen zu verdecken. Die
verbirgt sie hinter dicken schwarzen Lidstrichen.

Mein Herz geht an Bord und fort muss die Reise gehn.
Dein Schmerz wird vergehn und schön wird das Wieder-
sehn.

Einige Sekunden verharrt sie vor dem Sarg, dann reicht der Pastor im Talar und Bäffchen ihr den Arm und geleitet sie zu ihrem Sitzplatz in der vordersten Kirchenbank.

Die Gnade unseres Herrn Jesus Christus und die Liebe Gottes und die Gemeinschaft des Heiligen Geistes sei mit uns allen, begrüßt er die Trauergemeinde.

Der Organist, ein älterer Herr im schwarzen Anzug, wirkt genauso biedermännisch wie der Pastor. Doch zu meiner Überraschung intoniert er etwas Rockiges an der Kirchenorgel. Ein Schlagzeuger, der sein Sohn sein könnte und eine pummelige Sängerin begleiten ihn. Offenbar eine kleine musikalische Rebellion, die den volkstümlichen Charakter des Stars betont.

Jetzt ist der Pastor wieder dran. Er rezitiert Bibelworte aus dem *Hohelied der Liebe: Die Liebe höret nimmer auf.*
Es folgt *Geh aus mein Herz und suche Freud,* ein Kirchenlied zum Mitsingen.

Währenddessen schweift die Kamera über die Trauergemeinde, zeigt die Gesichter von Hugo Egon Balder, Tim Mälzer, Olivia Jones und anderen Fernseh-Promis in Großaufnahme, manche mit glasigen Augen. Immer wieder schwenkt sie auf die Witwe Marion:

das neckische Hütchen, der knappe Schleier, der Lippenstift in Knallpink.

— *Für viele war er wie ein enger Freund, ein Sympathie-träger, gerade, weil er nicht makellos war,* erklärt der Pastor Jan Fedders Beliebtheit.

Es folgen Ansprachen des ARD-Programmdirektors, des NDR-Intendanten und des Polizeipräsidenten. Jan Fedders Paraderolle war ja die des volkstümlichen Polizisten. Ein Ordnungshüter wie ein Kumpel aus der Kneipe.

Das Trio aus Rocksängerin, Organist und Schlagzeuger performt *Knocking on heavens door*. Hat Witz.

Als Höhepunkt und Schluss tritt die Witwe ans Mikrophon.

Ihre Augen zwischen den dicken schwarzen Lidstrichen blicken tapfer in die Kamera.

— *Mein geliebter Jan, das ist der schwerste Gang, den ich je machen musste*, erklärt sie den Millionen Fernsehzuschauern.

— *Dein Platz in meinem Herzen wird auf ewig mit Liebe gefüllt sein.*

Ich habe noch nie eine Witwe gesehen, die auf der Beerdigung ihres Mannes eine Rede hält.

Diese Trauer ist Inszenierung, Schauspiel, und trotzdem ist sie auch ein persönliches Gefühl.

Hilft das Mitgefühl des Fernsehpublikums, den Verlust zu verarbeiten?

– *Mein geliebter Jan, schlaf gut!,* sagt sie.
Dann tragen uniformierte Polizisten den Sarg aus der Kirche, und Jan Fedders Stimme singt vom Band: *Ich lieb dich so doll wie man nur lieben kann.*

Der Trauerkonvoi setzt sich in Bewegung, voran der Wagen mit dem Sarg.
Auf der Kühlerhaube ein Herz aus roten Plastikrosen.
– *Das gleiche wie bei der Hochzeit vor zwanzig Jahren,* erläutert die Moderatorin von BILD-TV, *genau dieses Herz war damals auf dem Wagen von Marion und Jan, als sie geheiratet haben, und dieses Herz hat Marion all die Jahre aufgehoben, und heute ist es das letzte Symbol, das Zeichen ihrer Liebe. Ich finde das ist eine unfassbar schöne Geste, ein extrem emotionaler Moment.*

Inzwischen hängen rote Plastikrosen am Tor der Grabanlage, und ich werde alle naslang von Leuten angesprochen, die Jan Fedders Grab suchen.

Äpfel und Sprichwörter
Oktober

– Warum tu ich mir das an?, fragte Susu und klappte das Buch zu.

– Was tue ich dir an?, fragte das Buch zurück. Wenn ein Buch und ein Kopf zusammenstoßen und es klingt hohl, liegt das allemal an mir? Na? Du spinnst doch! Da mach ich nicht mit!

– Ich komme aus einer ernährungsbewussten, sportbegeisterten und zitatfesten Familie. Wir verstehen etwas von Büchern, und darauf bin ich stolz, sagte Susu.

– Armes Mittelschichts-Mädchen! gähnte das Buch und schlief ein.

Da träumte ihm, jemand wolle es aufschlagen. Wie es sich auch wehrte, keine Chance.

Der Apfelbaum wiegte sanft seine Dichtermähne.

Susu lugte ins Buch, aber die Seiten waren leer. Das konnte nicht sein! Sie blätterte hastig voran. Da!
Nach zwei Dritteln – was war denn das – fanden sich sämtliche Buchstaben und feierten eine Orgie.
– Im Paradies ist`s süß. An apple a day keeps the doctor away, gröhlten sie. *Wir pfeifen auf die Ideale und essen Äpfel mit der Schale.* Hähä. ...
Sie kicherten unflätig. Dann fassten sie sich an den Händen und kreischten: Hoho, huhu, klapp zu, Susu! Sie fielen übereinander her, lachten wild und skandierten: *Fümms bö wö! Fümms bö wö! Fümms bö wöööööö!*
Davon erwachte das Buch. Niemand war im Garten – außer Susu, die sich die Augen rieb. Auch sie musste geschlafen haben. Vorsichtig schlug sie die Seiten auf. Alles schien in Ordnung.
Unten am Hang knatterte ein Rasenmäher über die Wiesen ihrer Kindheit, in der Ferne erhob sich das Schloss von Muskau inmitten einer Kunst-Landschaft. Alles schien in Ordnung. Doch da entdeckte sie ein *traumgleiches Sichvermischen hochschlank nahöstlicher Baumgestalten – Heerden von gold= & carminenen Vögeln – liliengesäumte Teiche – Wiesen aus Violen, Tulpen, Mohnen, Hyacinthen & Tuberosen* ... Sollte das die berühmte romantische Stimmung sein?
– Wunderbar, seufzte Susu, ich bin ein Mensch, der sich Gefühle leistet.
– Och nö, nörgelte das Buch, da mach ich nicht mit.

– Bitte, wie du willst, dann werde ich überall herumerzählen, dass ich dich zum Gähnen finde.

– Leute, die sich Gefühle leisten, sind leicht beleidigt, stellte das Buch fest.

Der Apfelbaum schüttelte die Dichtermähne. Da plumpste etwas in Susus Schoß.

– Oh, er schenkt mir einen Apfel, dachte sie, aber es war eine Pflaume. Sie trug ein Herz als Label: Chile Pink Lady.

Susu schlug das Buch auf und las.

Äpfel und Sprichwörter

Warum tu ich mir das an?, fragte Susu und klappte das Buch zu.

(*Kollektivtext von Lutz Flörke & Vera Rosenbusch)

Lutz Flörke
Berlin – Ich suche eine Hauptstadt
Oktober

Sie hört nicht auf; ich hör nicht zu. Was hat Ilona mir
schon zu sagen! Rederederede … Nee!
Seit Wochen litte sie unter einer Überdosis Leute.
Mit allen solle sie reden, sich ihren Unsinn anhören,
wo sie doch schweigend geliebt werden wolle, aber
sie müsse ja, habe ja diesen Beruf …
– Ja, ja, denke ich, während ich an meinem Orgasmus
arbeite, aber wie bin ich hier reingeraten?
– Junge, du bist jetzt 40! Und immer noch keine an-
ständige Stellung!, meinte meine Mutter.
Fand ebenfalls der Herr von der Agentur für Arbeit,
wenn auch weit resignierter als sie. Berlin! Da sei was
los, da würde Zukunft projektiert, da wäre er auch
gern! Neue Hauptstadt, neues Leben!
– Sehen Sie, sagte der Arbeitsberater, irgendwann
kriegt jeder seine Chance. Sogar Sie. Die letzte. Sie
gehen nach Berlin! Und unter uns: Sie hätten längst
einen Neuanfang machen sollen, wenigstens einen
Wiederaufbau Ihrer Persönlichkeit. Keine Krisen, alles
auf null, Zukunft im Visier!

– Wer Zukunft sagt, sagt auch Vergangenheit, oder? Sagt Revision, sagt …

– Sagen Sie sich einfach: Berlin!

– Berlin?

– Berlin! Ich suche eine Hauptstadt. Sagen Sie es immer wieder!

– Aber …

– Papperlapapp!, schob meine Mutter alle Einwände beiseite, als ich tatsächlich zu einem Vorstellungsgespräch eingeladen worden war. Und schoss mir sofort das Geld fürs Hotel vor. Nur um mich unter Druck zu setzen!

Als ich in Berlin ankomme, fegt der Wind durch die Straßen. Berlin ist die windigste Stadt, die ich kenne. Am liebsten würde ich sofort wieder abhauen. Bringe den Koffer ins Hotel … Lasse mich aufs Bett fallen. Noch zwei Stunden bis zum Vorstellungsgespräch …

Damals hatte man uns wie tausende andere Schulklassen nach Berlin gekarrt, damit wir die Mauer anschauten, den Todesstreifen, unsere alte deutsche Hauptstadt. Damit wir mal merkten, was uns fehlt! – Wir merkten nichts, wir verliebten uns, mit 17.

Aufgabe: Erstellen Sie ein verlockendes Kulturangebot für unsere neue Seniorenresidenz! Unsere Philosophie: Kreativität und Kompetenz im Team!

Ich denke: Wenn ich nicht sofort das Hotel verlasse, dann verlasse ich es die nächsten Tage nicht. Andererseits … Wer will schon Erfolg? Erfolgreich sein heißt

zustimmen! Jeder, der erfolgreich ist, träumt davon, nicht mehr zustimmen zu müssen, selbst auf die Gefahr hin, als Versager beschimpft zu werden. Der Versager als Entspannungsmodell! Verlockend und bedrohlich. Gibt natürlich keiner zu … Und wirklich einer zu sein, wäre das Grauen … Ich suche eine Hauptstadt – wofür, wozu, was soll das? Bestimmt keine deutsche Hauptstadt oder eine preußische … Nein, denke ich, ich gehe nicht zu dem Vorstellungsgespräch. Weiß doch, wie das laufen wird:
– Was haben Sie gemacht die letzten Jahre? Was haben Sie gemacht, während wir hier Weltgeschichte erlebten? Was haben Sie denn eigentlich gemacht? Die letzten 25 Jahre?! Was?! 25 Jahre lang? Ach, so einer!
Ich werde nicht hingehen! Was dann? Liegen zu bleiben, halte ich nicht aus. Verlasse das Hotel mit unbestimmtem Ziel.
Als ich durch die Straßen gehe, Frittenfett in der Nase, denke ich, den meisten geht's wie mir. Die Stadt macht sie nervös. Plötzlich wird einem klar, dass man ein Versager ist, gerade seit alle so dynamisch sind. – Aus dir muss doch was werden, Junge! Du musst nur wollen! – Alles Lüge, statt Aufbruch herrscht Optimierungsnotstand. So schnell wie möglich alles nachholen, um auf den Stand zu kommen, den andere längst erreicht haben und den man auch will. Ein Volk

von Versagern holt nach. Das muss einen ja nervös machen.

Um mich zu beruhigen, gehe ich in die Max-Ernst-Ausstellung und denke an einst. Ich denke oft an einst. Nicht, weil einst alles besser war, sondern weil … Als einst jetzt war, war jetzt noch undenkbar. Deutschland war eine bedrückende Vergangenheit, mit der man nichts zu tun haben wollte. Wir waren in Berlin, weil wir sehen sollten, wie böse der Kommunismus war, und wir verliebten uns in die Kunst und in uns, was zusammengehörte. Liebe und Kunst und Max Ernst und Ilona. Und während ich mein Vor-stellungsgespräch haben soll, denke ich an unser Ber-lin von damals, als wir beide glaubten, eine Zukunft zu haben mit all dem Surrealismus und mit ihrer roten Beckett-Ausgabe. Sie 17, ich 17 … – egal, das ist lange her.

Ewig nichts von ihr gehört. Auch nicht vermisst oder sentimentale Empfindungen in die Richtung …

Vermutlich denkt sie so wenig an mich wie ich bisher an sie. Falls sie sich erinnerte, würde sie in diese Max-Ernst-Ausstellung gehen. Das ist unwahrscheinlich, sicher …

Nachdem ich eine Runde gedreht habe, bleibe ich vor dem Bild „La puberté proche" stehen, dieser Collage aus einem billigen Aktphoto, dessen Gesicht übermalt ist, und viel blauer Farbe. Hat Ilona damals ungeheuer

94

beeindruckt; zumindest hat sie mich mit ihrer Begeisterung beeindruckt.

Und man dachte, das Leben kommt erst, man wird schon noch, aber man wurde nur 30, 40, alt …?

Da steht sie neben mir:

– Hallo?

– Hallo!

Ilona in echt!

Ihr Haar ist immer noch blond, und glücklicherweise hat sie nicht so viel zugenommen wie ich. Also alte Liebe noch mal von vorn? Noch mal von vorn, aber in eine andere Richtung? Das sage ich ihr, worauf sie mir zwischen die Augen blickt, ganz kurz, ich kenne das von früher, und keine Miene verzieht. Fühlt sie sich geschmeichelt, denkt sie nach, oder hält sie mit Mühe ein Lachen zurück?

Ich komme ihr dann mit objektivem Zufall, naja, sowas interessiert sie wohl längst nicht mehr.

– Ja, sage ich, in Berlin muss man von vorn anfangen, einfach von vorn. Alles kann und soll besser werden. Oder man bringt sich um.

Damals träumten wir beide davon, an einem wichtigen Ort zu leben, Paris, am besten, Berlin, mindestens, in einer wichtigen Story mit uns als Hauptfiguren, klar. Bei einigen hat es geklappt. Sie sieht so aus.

Ach, meint sie, wenn ich wüsste … Das sei auch nicht immer leicht. Manchmal liege sie ausgepowert auf

dem Bett und würde sich am liebsten selbst ab-
schaffen. Sie arbeite und rackere, rede, organisiere; sie
hasse ihren Chef und ihre Mitarbeiter, weil die nie genug bekämen, nie ein Ende machten, sondern sie aus-
saugten, nichts wirklich wissen wollten, aber ständig
Wissen und Kultur in genussfertigen Portionen von
ihr verlangten, abgepackt, vorverdaut. Die vergange-
nen Wochen seien fürchterlich gewesen, selbst ihrem
Lebensgefährten sei aufgefallen, dass es so nicht wei-
tergehe, sogar ihrem Zahnarzt sei das aufgefallen,
auch er meine, sie habe Urlaub nötig.
Wir essen dann in einem dieser Restaurants, denen
das Ritual des Anrichtens und Servierens, kurz: der
Selbstdarstellung allemal wichtiger ist als die Intimität
zwischen ihren Gästen. Trinken etwas, noch etwas,
kommen uns näher, und ihr Lebensgefährte wird ein
immer unangenehmerer Typ, von dem sie schließlich
nicht mehr weiß, weshalb er. Naja, es läuft alles auf die
Frage hinaus, ob sich unsere Körper wiedererkennen.
Wir brauchen dann aber noch eine richtige Kneipe
und ausgerechnet die Musik von Donovan, um über
die Ufer zu treten.
Sie will mir dann unbedingt ihr neues Büro zeigen,
mitten im Regierungsviertel, hoch oben in einem riesigen Neubau, dessen Innenausstattung noch nicht
ganz fertig ist.

So finden wir uns im 7. Stock mit Blick über Berlin. Die Terrassentür ist weit geöffnet, eine Brise weht herein, und sie sagt:
– Überraschung!
– Überraschung?

Mein neuer Chef – also, das sei sie. Als sie meinen Namen gelesen habe, habe sie gleich gedacht: Der kommt nicht. Der drückt sich vorm Vorstellungsgespräch. Der hat sich nicht verändert!
– Und, sie triumphiert, ich habe sofort gewusst, wo ich dich finde. Na! Ist das nicht toll?! Kannst morgen anfangen!
Widerstandslos lasse ich mich ausziehen und habe bald darauf den sogenannten *Höhepunkt*. Naja, denke ich beim Stimulieren ihrer Nervenenden, was sind 20 Jahre? Komme mir mit einem Mal vor wie unter Wasser, als ob die Zeit über uns hinwegschwappte und wir tot und gestorben wären. Schiebt sie meine Hand beiseite und sagt:
– Na lass mal, ich glaube, das wird heute nichts mit mir. Und sieht mich so … eigenartig an. Da springe ich vom Dach.

Vera Rosenbusch
Zwei am Pool

– Duuu!

– Mh.

– Kommste mal?

– Jetzt passiert was.

– Mh.

– Nee, doch nicht.

– Sind die beiden immer noch nicht weiter?

– Nee.

– Versteh ich nicht.

– Ich auch nicht.

– Das geht nun schon drei Stunden. Mindestens. Da muss doch irgendwas passieren.

– Ja, das hab ich auch gedacht. Ich dachte, jetzt passiert endlich was, aber sie hat sich bloß umgedreht.

Wir sitzen auf der Terrasse unseres Hotels am Kraterrand von Santorin. Vor uns die Caldera, der Kessel eines riesigen Vulkans, der vor dreieinhalbtausend Jahren auseinanderbrach und voll Wasser lief.

300 Meter tief stürzen die Wände der zerborstenen Insel fast senkrecht in den Kratersee. 8 Kilometer sind es bis zum gegenüberliegenden Rand.

Von unserem Hotel, das wie eine Bienenwabe an der Kraterwand klebt, haben wir eine traumhafte Aussicht. Atemberaubend.

Aber die zwei da unten gucken nicht hin. Das interessiert sie nicht.

Vier Etagen unter uns liegen sie auf ihren blau-weiß gestreiften Polstern. Sie sind die Einzigen am Pool. Oktober. Nachsaison.

– Versteh ich nicht. Der cremt und cremt …

– Aber der cremt doch nicht. Ohne Sonnenmilch.

– Was denn sonst?

– Naja …

Der Vulkan von Santorin befindet er sich in einem Zustand relativer Ruhe, das heißt, er wird wieder ausbrechen, vielleicht in hundert oder 100000 Jahren, vielleicht übermorgen. Ich kenne solche Bilder aus dem Fernsehen und mich gruselt vor dem nächsten Ausbruch. Aufregend.

– Lehn dich nicht so über das Geländer! Was sollen die denn denken?

– Die tun das doch für uns.

– Für uns?

– Die brauchen Publikum. Uns, die anderen Hotelgäste, die Leute oben auf dem Kraterrandweg. Der Mann, weißblond, schlaksig, er sieht ein bisschen aus wie Rudi Völler in jung, schaut nicht in Richtung Zuschauer.

Was will er? Zeigen, was er sich traut? Neid erregen? Aufmerksamkeit fesseln? Meint er mich?

– Was er wohl an ihr findet?

– So schön ist sie auch wieder nicht.

– Eine Bikinifigur, aber sonst.

Mich fasziniert, wie Rudi Völler II sie streichelt. Seine Hand gleitet die Höhlen neben ihrer Wirbelsäule entlang, streicht über ihren Nacken, gräbt die Finger in ihr Haar.

Ausdauernd. Zart.

Rücken, Oberschenkel, Kante des Bikinihöschens – und von vorn.

– Aber die Frau verstehe ich nicht, sage ich. Er berührt sie in aller Öffentlichkeit, und sie liest in einer Illustrierten.

– Sie liest nicht, sie blättert.

– Was denn?

– Ach, irgendsoein Hausfrauenblatt.

Eins der Fotos kann ich von hier oben aus mühelos erkennen: weißer Sandstrand, blaues Meer, roter Sonnenschirm.

Jetzt steht der Mann auf, nimmt eine große Flasche Cola aus der Badetasche, trinkt einen Schluck. Er setzt sich hinter sie auf ihre Liege und beginnt erneut zu streicheln.
– Schau doch!
– Was Neues?
– Er hat die Position gewechselt.
– Da saß er vorhin schon einmal.

– Drei Stunden, das ist doch kein Vorspiel.
– Ich verstehe einfach nicht, dass sie das kalt lässt. Keine Spur von Erregung. Doch sie wehrt ihn auch nicht ab. Ihr ist das offenbar vollkommen gleichgültig.
– Vielleicht erregt ihn gerade das? Ihre Passivität?
– Er wirkt seltsam unerregt.
Also ich, ich würde explodieren …

Ein braungebranntes Ehepaar betritt die Nachbar-terrasse.
– Ach, beobachten Sie auch die beiden am Pool?, fragt die Frau. Wir tun das schon seit einer Woche. Die liegen da Tag für Tag vom Frühstück bis zum Sonnen-untergang.

– Und Sie?, fragt der Mann und stellt sich vor. Gerade angekommen?

– Vor drei Stunden. Ich versteh bloß nicht, wieso das die Frau so kalt lässt.

– Ja, das haben wir uns auch gefragt.

– Ich glaube, die haben Last Minute gebucht und nicht gewusst, dass es hier keinen Strand gibt, und jetzt langweilen sie sich.

– Was hat er bloß davon?

– Vielleicht haben die 'ne Wette laufen?

– Darf ich Ihnen meine Frau vorstellen?

Vera Rosenbusch
Roseneibisch – Kriechwacholder – Sadebaum
November

Der Ohlsdorfer Friedhof ist der größte
Parkfriedhof der Welt. Totensonntag, das bedeutet
Hochbetrieb. Die Busse pendeln zwischen Bäumen,
Hügeln, Wasserflächen, Rhododendronsträuchern von
der Größe eines Eigenheims. Zwischen
Sandbirke Säulenbirke
Flatterulme Hängeulme
Silberpappel Zitterpappel
Fächerahorn Sauerdorn

Der ganze Friedhof ist ein Rasen, durchzogen von
Asphaltstraßen: weiten, leeren, rasengesäumten
Alleen. 1,4 Millionen Menschen liegen hier begraben,
eine Gräbergroßstadt, eingebettet in die Parkland-
schaft. In
Waldhasel Baumhasel
Bluthasel Scheinhasel
Berberitze Pfaffenhütchen
und Trompetenstrauch

Zwei Buslinien unterhält der HVV auf dem Gelände. Am Totensonntag verkehren sie im Fünf-Minuten-Takt. Sie warten, bis der letzte Platz gefüllt ist, dann setzen sie sich in Bewegung, pietätvoll langsam schleichen sie die Alleen entlang.

Die Farben des Herbstlaubs auf dem Gras – Sonne, Honig, Mohn und Schokoladenbraun – verblassen. Im Totenmonat häufen sich Nuancen von Graugrün: weißliches Graugrün des Rasens, wächsernes Graugrün der immergrünen Gewächse, scharf konturierte Silhouetten einzelner Nadelbäume.
Balsamtanne Mammutbaum

Lutz Flörke
Weihnachten unterm Bett
Dezember

Heiligabend. Das Telefon meines Tierarztes teilt mir
mit:
– Sie rufen außerhalb der Sprechzeiten an!
Heiligabend. Meine Katze ist krank. Sollte es nicht
wenigstens heißen: Wir bitten um Entschuldigung,
dass wir leider nicht für Sie da sind.
Ich lege auf.
Heiligabend. Ich bin allein, es geht mir gut. Aber
Minou hustet so komisch. Schon seit gestern.
Nächster Versuch. Stichwort Tierarzt, Umgebungs-
suche, 1 km … Aha, Hudtwalckerstraße, Telefon-
nummer. Ich wähle und warte.
Die Stimme einer Frau. Eigentlich habe sie ge-
schlossen. Klingt etwas benebelt, als ob sie getrunken
hätte …
– Es geht um eine kranke Katze!
– Wenn's sein muss.

Mein Name ist Arnold. Eines Tages werde ich mich
Arnold Arnold nennen, nicht Bernd Arnold oder

Arno Arnold, sondern zweimal Arnold. Repetition als Variation. Der Name als Stilmittel. Arnold Arnold – das wäre der Name für einen Schriftsteller. Ich bin aber keiner, sondern arbeite im Bezirksamt Hamburg-Nord, Kundenzentrum, Fachamt Einwohnerwesen. Irgendwas muss ich ja tun, um von etwas anderem zu träumen. Ich darf nur nicht den Fehler machen, einen Text zu schreiben. Denn nachher gefällt er mir nicht, dann wäre ich frustriert.

Lieber überprüfe ich Tag für Tag Daten, die mich nicht interessieren, weise auf Automaten mit Gebühren-marken hin, übergebe Personalausweise und träume davon, Arnold Arnold zu sein. Ein Name als Chiffre für eine Verwandlung, die nie kommt. Jetzt ist Heilig-abend, das Amt geschlossen, ich habe meine Ruhe. Doch leider … Minou ist krank.

Als ich mit dem Katzenkorb aus dem Haus trete, schneit es. Schön. Weniger schön: Die blinkenden blauen Lichterketten, die leuchtenden Schneemänner und Rentierschlitten auf den Balkons. Hinter Fenstern sehe ich Kinder in Flöten pusten, Klaviertasten drük-ken, Violinen schaben oder den Mund öffnen zu ritu-ellem Klang und Gesang. Möchte ich mit denen tau-schen? Arnold Arnold tauscht nicht.

– Miau …, klagt die erkältete Minou.

Autos brausen vierspurig vorüber. Auf dem Winterhuder Markt glänzt der Glühweinstand: *Zum
besoffenen Ruprecht.* Daneben kehren sie schon die
Müllhaufen zusammen. Der verschwitzte Dönermann
entsorgt die Weihnachtsmann-Mütze in einen Müll-
sack; im Backshop schrubben Zipfelmützen letzte
Bleche. Wo verbirgt sich die Tierarzt-Praxis?

Rechts ein Hutladen. Die Hüte erinnern mich an
wohlbehütet, hüte dich und *unter die Haube bringen.*
Am Pfeiler hängt eine Vitrine mit nichts darin als drei
Fliegen. Eine tote Fliege und zwei rote Fliegen, Chitin
und Samt.
Hinter dem Pfeiler ein Schild: *Tierärztin, 3. Stock.*
Welche Tierärztin öffnet Heiligabend ihre Praxis? Ist
ja schön von ihr, aber hat sie keine Familie? Legt sie
so wenig Wert aufs Fest wie ich? Wir, die Außenseiter.
Die Menschen mögen keine Außenseiter. *Sie miss-
achten die außenseiterische Subjektivität, sie sind
ungeduldig und verlegen vor der Einsamkeit, welche nicht
durch ein Kollektiv geteilt wird.*

Bratkartoffeln, Zigarettenrauch, Kuchenduft. Natürlich
kein Fahrstuhl! Minou maunzt leise, schweigt, weil ich
nicht reagiere.
Oben an der Tür ein Zettel: *Bitte eintreten!*

– Hallo?!

Das Wartezimmer leer. Ein Tisch, eine leere Glas-
kanne auf einer elektrischen Wärmeplatte. Im Regal
unterschiedliche Becher, wie sie sich in Jahrzehnten
ansammeln. Snoopy liegt auf seiner Hundehütte und
denkt ein Ausrufezeichen und den Satz: *I hate people
who sing in the morning!*

Die Tür zum Behandlungsraum. Ich klopfe. Nichts.
– Entschuldigung?
In der Ecke ein Golden Retriever im Korb. Rührt sich
nicht. Taub? Tot? Ausgestopft! Und die Besitzerin?
Quatsch, Menschen werden nicht ausgestopft. Bei
denen heißt das einbalsamiert.

Ein Behandlungstisch, der sicher manche Leiche
erlebt hat. Aber sehr sauber. Ich stelle den Katzenkorb ab.
Ein Werbeplakat: *Sommerzeit ist Wurmkurzeit.* Auf dem
Schreibtisch eine mechanische Schreibmaschine
Olympia. Auf dem eingespannten Blatt steht:
Im Schatten mancher Träume,
im Schatten mancher Bäume,
sitzt ein Kind
und spinnt.
Hm. Alle kleinen e's haben ein Loch im Kopf. Ich muss
lachen. Schlechtes Zeichen, allein laut lachen.

Minou hustet, würgt, spuckt in ihr Körbchen. An der Wand eine Haushaltsrolle. Ich reiße ein Blatt ab, öffne das Katzengefängnis, um die Unterlage zu säubern, da büxt Minou aus, sprintet los. Ich hinterher. Sie stößt die Tür mit dem Schild *Privat* auf und schlüpft hinein. Marihuana-Duft umhüllt mich. Hübsch. Wo bin ich hier gelandet? Ich erinnere mich seliger WG-Zeiten mit langen Haaren, süßem Nichtstun und Gemütlichkeit im Ironie-Modus. War ich damals schon ein Eigenbrötler? Vermutlich, aber die anderen vermutlich auch und deshalb konnten wir zusammenwohnen.

– Hallo?
Stühle und Tisch aus Rattan, in der Ecke ein aufgespannter japanischer Sonnenschirm. In einer Vase weißblühendes Sauerkraut oder was. So also haust die Tierärztin ohne Anhang! Neben dem Aschenbecher zwei Joints. Ich zünde mir einen an. Guter Stoff. Wenn sie jetzt käme? Schade eigentlich. Wie es wohl wäre, allein in einer fremden Wohnung Heiligabend zu verbringen? Das Geräusch von Autos, trotz geschlossener Fenster. Hupen die wirklich *Oh du fröhliche* …?

Eigentlich sollte ich gehen. Aber nicht ohne Minou. Ich gehe durch die halb geöffnete Tür nach nebenan und lausche. Nichts. Ich schalte das Licht an und denke: Arnold Arnold schaltet das Licht an und erblickt vor sich ein endlos breites Bett, das dennoch nicht wie ein Ehebett wirkt. Violette Laken, dunkelrote Bezüge. Eher wie das Luxuslager einer, die weiß, wie schwer es ist, anderen Menschen nicht auf den Leim zu gehen.

Da im Bett nichts los ist, blicke ich zwischen den geöffneten Samtvorhängen hindurch zur Hochbahn-Station. Auf dem Bahnsteig stehen drei Männer mit Einkaufsbeuteln und Edeltannen, die ihnen kaum an den Gürtel reichen. Die sind Heiligabend nicht allein, denke ich. Sie stecken die Köpfe zusammen, lachen herzlich, beginnen dann, an den Beuteln der anderen zu zerren.

An der Zimmerwand entdecke ich ein Aktfoto, strahlend blauer Himmel, antike Säulen, Tamarisken, Mittelmeer, mit Schamhaar. Das ist bestimmt die Tierärztin. Oder ihre Tochter? Ich bin mir sicher, sie hat keine. Unterm Bett quakt Minou. Ich bücke mich, da schießt das blöde Vieh an mir vorbei aus dem Schlafzimmer.

Nanu? Was ist das? Unter dem Bett liegt eine Frau, in der Hand eine Tüte mit Lebkuchenherzen.
Ich bemerke, es ist kein bisschen staubig da unten; vermutlich liegt sie öfter dort.
– Entschuldigung, leiden Sie vielleicht unter der Sinnlosigkeit des Lebens?, frage ich.
– Nö, antwortet sie, ich hab wirklich ein Problem.

– Ich komme wegen der Katze …
– Die sind zäh!

Ich setze mich auf den Teppich und starre das Akt-
Foto an.
– Ich hab gedacht, vielleicht gehen Sie gleich wieder.
Ich mag Menschen nicht besonders, schon gar nicht
Heiligabend, auch nicht, wenn die Katze krank ist.
Sie reicht mir einen Brief unter dem Bett hervor.
Poststempel vom Vortag. Die *Fristgemäße Kündigung*,
Praxis und Wohnung.
– Nach so vielen Jahren!

Sie muss sehr jung gewesen sein, als sie einzog, stelle
ich mir vor. Ich stelle mir vor, wie es gewesen wäre,
kein Eigenbrötler zu sein und mit ihr hier einzu-
ziehen. Das ist ja der Vorteil von Eigenbrötlern, sie
können sich eine Menge vorstellen.

Arnold Arnold liest die Unterschrift, denke ich. Be-
kannter Name. So ein Pausenclown mit eigener
Philosophie-Gesprächsreihe, in der Sätze fallen wie: *Die
Welt des Glücklichen und die des Unglücklichen, die Welt
des Guten und die des Bösen enthalten dieselben
Zustände der Dinge, sind, was ihr So-Sein betrifft, völlig
identisch.*
Ein Satz, der vor allem eins bedeutet:

– Liebe Zuschauer, Sie müssen kein schlechtes Gewissen haben, wenn für andere nichts übrig bleibt! Sie gucken das richtige Programm!

– Den Arsch habe ich geliebt, brüllt die Tierärztin unterm Bett. Und jetzt spricht er davon, *dass die Welt des Glücklichen und die des Unglücklichen, was ihr So-Sein betrifft, völlig identisch sind* und schickt mir zu Weihnachten die fristlose Kündigung.
– Tut mir leid.
– Sie sind daran unschuldig.
– Jaja …
– Und glauben Sie mir, dies ist keine dauerhafte psychische Störung!
– Okay, ich warte.

Ich zünde eine Kerze an, lösche das elektrische Licht, strecke mich auf dem Bett aus und lasse das Marihuana seine Wirkung entfalten. So gut habe ich seit Jahren nicht gelegen. Von der Decke schauen Sterne, ein großer Mond lächelt. Die Männer auf dem Bahnsteig schlagen sich ihre netzverpackten Christbäume um die Ohren. Dann fährt die Bahn ein und nimmt sie mit.

Plötzlich steht die Tierärztin neben dem Bett, entführt meinen Joint, zieht daran.

– Der Katze geht's besser. Ich habe ihr eine Spritze
gegeben.
Ich muss eingedöst sein. Ich starre sie an, dann ihr
Aktfoto.
– Ja, sagt sie.
– Die Katze heißt Minou.
– Ich heiße Rosine!
Rosine bietet mir ein Lebkuchenherz an und legt sich
auf die andere Bettseite.
– Unterm Bett liege ich nur, wenn mir die Welt mal
wieder zu nahe gekommen ist.
– Verstehe, sage ich. Überdosis Leute. Ich bin Arnold.
Arnold Arnold.
– Schriftsteller?
Am Bahnsteig hält eine Bahn. Die drei mit den Tan-
nenbäumen und Tüten steigen wieder aus. Offenbar
sind sie in die falsche Richtung gefahren.
– Sowas ähnliches, sage ich. Aber ich schreibe nicht,
ich stelle mir nur vor, wie sich der Name Arnold
Arnold auf einem Schutzumschlag macht. Kann ich
noch ein bisschen liegen bleiben?

Da steht plötzlich der Fernsehphilosoph in der Tür.
– Ist das mein Nachfolger?, grinst er.
Rosine verschwindet unterm Bett.
– Bist du noch sauer?
– Hau ab!
– Du hast doch gewusst, dass ich den Neubau plane!

– Du hast mich nie geliebt!

– Werd nicht unsachlich.

– Was für ein Leben hätte ich führen können nur für mich allein.

– Da ist was dran, melde ich mich. *Die Nichtbeachtung der außenseiterischen Subjektivität …*

– Willste eine aufs Maul?

Im Fernsehen wirkt der kultivierter.

Ich lasse mich aus dem Bett rollen und rutsche zu Rosine. Die grinst. Dann kichern und glucksen wir beide und platzen laut heraus. Der Philosoph verziert seinen Abgang mit einer Satzschleife:

– Sagt Bescheid, wenn ihr erwachsen seid!

Die drei Männer auf dem Bahnsteig stoßen ihre Weihnachtsbäume in den nächsten Zug und schlendern erleichtert zum Ausgang.

Wir beide jedoch, Arnold und Rosine, verbringen unser erstes gemeinsames Fest unter einem großen, breiten Bett.

Minou döst oben drauf.

Vera Rosenbusch
Der Rentierschlitten
Dezember

– Meinst du, wir können es noch schaffen?, drängelte
Mutti.
Bis Bramfeld waren sie gut durchgekommen. In der
Steilshooper Allee setzte Schneeregen ein. Die Schei-
benwischer ächzten. Auf der Sengelmannstraße war
Schluss.
Seit einer Viertelstunde steckten sie hier fest - auf
Höhe dieses Rentierschlittens, der links auf dem
Balkon leuchtete. Es war, als hätte sich ganz Hamburg
zum Flughafen aufgemacht, um am Tag vor Heilig-
abend fluchtartig die Stadt zu verlassen.
Konnte sie nicht wenigstens den Mund halten? Und
Behrend opferte die Mittagspause, um seine Mutter
durch die halbe Stadt zu kutschieren. Sie redete und
redete.
– Könntest du wohl bitte …? Ich meine, du hast Blau-
licht."
– Mutti, dies ist ein Dienstwagen!
– Eben.
Schließlich war sie selber schuld. Warum musste eine

115

alte Dame an dem Vormittag, an dem sie zu ihrer Lieblingstochter nach Boston flog, noch in Farmsen einer 92-jährigen vorlesen? Wenn er Pech hatte, verpasste sie das Flugzeug, und er hatte sich so darauf gefreut, es sich mit Tante Rösele gemütlich zu machen. Sie würden den Baum anzünden, Röseles unschlagbaren Entenbraten verputzen, und anschließend durfte er nach Herzenslust an seinem ganz privaten Jahresrückblick basteln, den Highlights des St. Pauli Fanlebens, die er für seine Kumpels zusammenschnitt.

— Ich muss doch noch den Koffer aufgeben, versuchte es Mutti von Neuem.

Er starrte auf den Rentierschlitten. Mal leuchtete er rot, mal gelb, mal blinkte er.

— Wenn der Hubschrauber gestartet ist, wird sich der Stau schnell auflösen.

— Ja wenn.

Er war noch nicht gelandet.

Nebenan heulte ein Motor auf.

— Hab ich dir eigentlich schon erzählt, dass Jonathan eine Medaille in Mathematik gewonnen hat?

Gottseidank. Sie wechselte das Thema. Offenbar war sie noch nicht völlig panisch.

— Und die kleine Isabell spielt eine Elfe …

Ihre ach so wohlgeratenen Enkelkinder in Boston.

Wie konnte man seinen Sohn Jonathan nennen!

— Und Sybille hat ein neues Auto. Mit Sorgfalt gewählt. *Auto-Biography*. Was für ein Name. Ganz was

Be …

Motorgeheul. Ein Scheppern.

– So was! Guck dir das mal an!

Eine Armlänge entfernt von Muttis Seitenfenster fährt
ein *Jeep Commander* mit voller Wucht auf das Auto
vor ihm in der Schlange. Ein neuer Anlauf. Der Fahrer
setzt zurück und gibt Vollgas, um eineinhalb Meter
vorzupreschen. Das Opfer ist ein Handwerkerauto,
eine Nuckelpinne von Citroen. *Elektro-Hansi* steht auf
dem Kasten. Black metallic gegen Rot und ange-
schmutzt. Listenpreis 60.290,- gegen Listenpreis
11.500,-

Mutti ist empört:

– Das macht der doch in voller Absicht! In voller
Absicht rammt der seinen Vordermann!

Beim nächsten Aufprall splittert es. Eine
Nebelleuchte? Oder ist im Inneren des Kastenwagens
etwas aus dem Regal gerutscht? Mit der Wucht seiner
218 PS rast der *Commander* noch einmal auf *Elektro-
Hansi* zu. Und noch einmal. Erstaunlich, was so eine
Stoßstange aushält. Der Fahrer des Citroen ist nicht
zu erkennen. Nebenan sitzt ein Dreißigjähriger im
asphaltgrauen Nappaleder, auf dem Doppelkinn ein
Dreiecksbärtchen, weiter oben ein Gamsbart.

– Wie der grinst! So … billig! Als hätte er Spaß
daran!

Mutti tastet an der Innentür. Was sucht sie? Den Tür-
griff? Will sie etwa aussteigen und dem Kampfhahn

mit gesundem Menschenverstand gegenübertreten?
Wieder prallt der Büffelfänger auf die Stoßstange des
Kleintransporters. Der macht einen Hüpfer in Richtung auf den Opel vor ihm. Wenn der Kerl so weitermacht, gibt's einen Dominoeffekt.
Der Geländewagen ändert seine Taktik und versucht, schräg von der Seite aufzutreffen. Der Rentierschlitten verdoppelt sein Blinktempo. Elektro-Hansi reißt die Tür auf. Ein Hüne im Blaumann. Haut seine Boxerfaust aufs Autodach. Direkt über dem Gamsbarthut. Die schwarze Politur erzittert. Ein Knirschen. Aus der geballten Faust schaut ein roter Punkt heraus, das obere Ende eines Phasenprüfers. Langsam malt er eine Acht.
Der Dreiecksbart springt aus dem Auto, baut sich auf und brüllt:
– Du Drecksack! Du Stück Scheiße!
In der Wahl seiner Beschimpfungen ist er nicht gerade einfallsreich.
– Dir reiß ich den Arsch auf!, gibt der andere zurück.
Beide stehen Stirn an Stirn. Der Rentierschlitten glüht.

Muttis Seitenscheibe sirrt herunter.
– Sagen Sie, junger Mann, hat Ihrer auch ein beheizbares Leder-Lenkrad?
– Hä?
Er weicht einen Schritt zurück.

– Ach, ein Chrysler! Mutti ist enttäuscht. Wissen Sie, in den Staaten kauft den niemand mehr. Sie lässt die Scheibe wieder hochgleiten.

Der Mann dreht sein Gesicht Elektro-Hansi zu.

– T'schuldigung … Ich glaub, das ist der Weihnachts-stress.

– Kenn ich, nickt der Riese.

– Auch Vollkasko?

Er kramt in seinem Handschuhfach und überreicht ein Päckchen Papiere.

– Bitte wenden Sie sich doch direkt an die Versiche-rung."

Elektro-Hansi zieht einen Mundwinkel in Richtung Ohr.

Mutti schaut zur Uhr:

– Eigentlich ist Weihnachten zu Hause auch ganz schön.

Konstantin Behrend setzt das Blaulicht auf sein Auto-dach und rast Richtung Flughafen. Sie schaffen es gerade noch. Mutti verschwindet in der Passkontrolle. In der Halle steht ein fünf Meter großer Teddy mit roter Zipfelmütze und winkt mechanisch wie ein Scheibenwischer.

Kollektivtext*
Weihnachten im Tropenhaus
Dezember

Im Tropenhaus herrschen ganzjährig Temperaturen
von 20 bis 25 Grad, die Luftfeuchtigkeit liegt zwischen
70 und 90 Prozent.
Auch zu Weihnachten. -

Horst, der Hausmeister, drehte seine letzte Runde
vor dem Fest.
Tucuma, Murumuru, Arapaje, Kokos, Erdnuss, Soja und
der Ficus bengalensis aus der Familie der Mora-
ceae …

Es muss nicht immer eine Tanne sein.
Eine Würgefeige tut's auch.
Oder ein Bananenbaum.
Horst setzte die Schwimmkerzen in den kleinen
Teich, an dessen Rand die Amazonas-Rotsterne ihre

betäubenden Nachtblüten bereits weit geöffnet hatten. Licht aus, und schon senkte sich geheimnisvolle Dämmerung über den Kunstdschungel.

Auch diesmal würde Hausmeister Horst den Abend mit Frau Viddelsee verbringen, Frau Vau, wie er sie nannte.
Jedes Jahr brachte sie einen Geliebten mit; spätestens Neujahr wurde er wieder entsorgt.
Einmal allerdings hatte sie einen Clown angeschleppt.
– *Clown, clown, Äppel wüllt wi clown*, trällerte er.
– Hör zu, du falscher Ruprecht, sagte Horst, bei mir darf jeder versagen wie er mag, auch zu Weihnachten. Nur deine professionelle Fröhlichkeit geht gar nicht.

Noch bevor die erste Kerze abgebrannt war, hatten sie ihn mit seiner roten Plastik-Nase vor die Tür gesetzt.
Wunderbares Bild: Dummer August im Schneeregen.
Heute arbeitete er als Wetterfrosch bei RTL.

Noch reichlich Goldlametta an den Bananenbaum ...
Richtig mystisch sieht das aus zu den Kerzen und den rotpolierten Äpfeln.
Mit der Sackkarre rollte er das rote Weihnachtssofa an den Teich. Ein Sofa? Im Tropenhaus?, hätte sich mancher gewundert, wenn er davon gewusst hätte.
Das Sofa war etwas Besonderes.

– Sieh nur, wie das Lametta am Bananenbaum glitzert, mystisch, magisch, melancholisch, lächelte Frau Vau und drückte ihren neuen Liebhaber aufs Sofa.

– Er heißt Anders.

– Wie anders?

– Mit Namen: Anders!

 Sie hatte ihn auf dem Weihnachtsmarkt ersteigert, diesen blauhäutigen, blondäugigen Knaben von 35 Jahren, wo er esoterisches Holzspielzeug verkaufte.

– Sagte ich ersteigert? Sie lachte. Erstanden! Auf dem Markt.

– Was, bitteschön, ist esoterisches Holzspielzeug? Anders holte zwei Klanghölzchen aus der Hosentasche, klopfte dreimal – klock-klock-klock – und hängte sie an den Zimtbaum.

– Das sind bloß kleine Hölzchen, in Handarbeit von Kindern in Bangladesch gefertigt. Aber wenn ich auf dem Weihnachtsmarkt erkläre, sie kämen aus Tibet und dienten den Mönchen zur spirituellen Kontaktaufnahme mit dem Universum – also ganzheitliche Philosophie, im Zentrum nicht Geld, sondern der Mensch – dann krieg ich glatt 19,50 dafür.

– Auch meine Bücher dienen der spirituellen Kontaktaufnahme, sagte Horst.

Frau Vau schüttelte den Kopf:

– Das sehe ich anders.

– Was ist mit mir?

– Anders, mein Schatz!

Sie tätschelte ihrem Liebhaber den Arm und fütterte die fleischfressende Anaconda-Hybride, die sich sonst mit Insekten begnügen musste, mit frischem Thüringer Hack.

– Spirituell, klar …, brummte Horst. Ich spirituell, du spirituellst, er, sie, es spirituellt, wir, ihr, sie spiritualisieren …

Alle sehnen sich ja danach, dass die Dinge mehr bedeuten, als man ihnen ansieht.

Bücher als Repräsentation geistiger Macht. Der Leser guckt darauf und weiß: Dieses Werk wird mir, nur mir, den Zugang eröffnen zu künftigem Gewinn.

– Das Geheimnis meiner Weltbestseller!

Der Mensch ruht auf dem Sofa gutbürgerlicher Innenausstattung, liest eine Seite, noch eine Seite, wechselt zum nächsten, zum übernächsten Buch, immer dicker, immer mehr, und denkt: Gleich kommt's.

Diese immerwährende Erwartung ist das esoterische Plus.

Anders war verblüfft.

– Ein Buch zu schreiben, erläuterte Horst, ist ja die leichteste Übung.

Unter dem Namen Daniel Kehlmann hatte er 2 auf
dem Markt platziert, 5 als Frank Schätzing und 27 als
John Grisham.
– Inzwischen lasse ich schreiben. Das erledigen für
mich 5 Gymnasiasten in Bergedorf.
Nur bei den Titeln hatten sie Schwierigkeiten.
– Dabei sind die das Allerwichtigste.
*Das Lächeln der Frauen. Der Junge, der Träume ver-
schenkte. Mein Auge ruht auf dir.* Alle von Horst!
An ihrem aktuellen Hit hatten sie lange geknobelt.
– Der Titel muss leicht verständlich sein, zugleich
poetisch und nach tiefer Bedeutung klingen.
Vielleicht … *Das Labyrinth der träumenden Bücher.*
Oder … Moment … pass auf … Nennen wir's ein-
fach: *In Zeiten des abnehmenden Nichts.*

Für das Tropenhaus-Literaturspecial im Fernsehen
hatte Horst einen Schauspieler engagiert, der als
Autor auftrat, etwas hölzern, aber sehr authentisch.
Wieso saß ein Fernsehliteraturkritiker überhaupt auf
einem Sofa?

Nach dem Dreh hatte Horst es sofort sichergestellt.
Eine Stunde hatten die Fernsehleute das Sofa gesucht,
nur nicht hinter der 3 Meter hohen ostafrikanischen
Mordgeranie. Weil Horst ein Schild angebracht hatte:
Vorsicht ätzt! Eltern haften für ihre Kinder!
Inzwischen hatte er sich auf Kochbücher verlegt.

Besser leben! So in der Art.

– 100 Gramm Selbstzweifel verrühren mit 2 Kilo Größenwahn, 1 Prise psychosozialem Jargon, 2 Tassen Vorurteilen und 1 Messerspitze philosophischer Reste aus dem 19. Jahrhundert.

Alles zusammen schaumig schlagen und in winzigen Portiönchen ins Buch tröpfeln lassen.

– Toll! rief Anders. Und was empfiehlst du an Heilig-abend?

– Wir singen ein Lied, sagte Horst, wie jedes Jahr.

Und so sangen sie:

Oh du schöne Weihnachtsgurke,·

Wer hat so hoch dich hingehängt?

Von Essig sauer, von Zucker süß

Erinnerst du ans Paradies.

Nun wolln wir froh und munter sein,

Uns unsrer Würgefeige freun.

Und lange klingt's durchs Tropenhaus: Aus!

Aus!

Aus! Aus! Aus! Aus!

(*Kollektivtext von Lutz Flörke, Vera Rosenbusch und Frank Keil, der uns freundlicherweise den Abdruck erlaubt hat.)

Vera Rosenbusch
Winterhuder Wartezimmer
Januar

Wurzelspitzenresektion.
Ich blättere im *Spiegel*,, in der *Brigitte*, in der *Gala,*
kann mich auf nichts konzentrieren.
Wurzelspitzen …
Eine Dame mit zwei Kindern betritt das
Wartezimmer.
– Hallo, sage ich.
Sie dreht den Kopf zur Seite.
Der kleine Junge setzt sich neben sie, das Mädchen
drückt sich in die entgegengesetzte Ecke und gafft
vor sich hin.
Die Dame stellt eine schwarze Glattledertasche auf
ihren Schoß. Sehr glatt, sehr schwarz, sehr eckig.
Sie öffnet den Reißverschluss und holt ein Bilderbuch
heraus.
– Was ist das für ein Tier, Leo?
– Giraffe.
– Weshalb hat sie diesen langen Hals? Woher kommt
das Känguruh? Wie viele Beine hat eine Libelle?

Am liebsten würde ich Augen und Ohren zuklappen,
aber dann müsste ich ständig an meine Wurzelspitzen
denken.

Die Zahnarzthelferin steht in der Tür.
– Leo, kommst du bitte.
Der Kleine starrt seine Mutter an.
– Nun geh! Oder willst du etwa, dass ich mitkomme?
Die Helferin fasst Leos Patschhand, er trottet neben
ihr her ins Behandlungszimmer.
– Sophie!
Die Dame winkt ihre Tochter heran.
– Stationen seines Werdegangs?
– Eisenach, Ohrdruf, Lüneburg, Arnstadt, Mühlhausen …
– Wann kam er nach Leipzig?
– 1723.
– Wie alt war er, als er nach Leipzig kam?
– 38.
Sophie, gestreifter Pullover, gelangweiltes Gesicht,
leiert die Antworten herunter.
– Was war er von Beruf?
– Lehrer.
– Was war seine Aufgabe?
– Thomaskantor.
Sie schenkt dem Kind ein Nicken.
– Die einzelnen Teile einer Note?
– Notenkopf, Notenhals, Fähnchen.
– Welche Noten kennst du?

– Achtel, Viertel, Sechzehntel …

– Frau Rosenbusch.
Die Zahnarzthelferin steht in der Tür. Ich versuche zu
lächeln.

Vera Rosenbusch
28. Januar
Januar

Die dunkellila Tulpe lässt die Blätter fallen, alle gleichzeitig.
Nur der Stängel bleibt zurück, kahl, dick, fleischig.

Tulpen haben ihre große Zeit im Januar, wenn ein neues Jahr beginnt.
In den tristen Tagen machen sie Hoffnung auf den Frühling.
Auf Licht. Luft. Neuanfang.
Frühling im Bauch.

So ein Ferkel, diese Tulpe.
Schamlos entblättert sie sich.

Lutz Flörke
Schneeschmelze
Februar

Schnee stirbt nicht, er schmilzt. *Schneeschmelze* ist ein
Wort mit drei Silben. Auch der Name *Ackermann* hat
drei Silben.
Herr Ackermann lag im Schnee und entspannte sich.
Passanten passierten. Ein 25-Tonner überrollte drei
Straßen weiter einen Hund. Der Winter war mörde-
risch; das konnte ich einen Tag später in der Zeitung
lesen, unter der Überschrift: *Mordswinter*. Auch ein
dreisilbiges Wort.
Herr Ackermann machte es sich bequem und schaute
in die müde Sonne. Ausgerechnet dort, wo er lag, war
der Schnee wirklich weiß, ohne Zusatz von Granulat
oder Salz oder Hundepisse.
Die Bundeswehr fuhr indessen ihre Katastrophen-
einsätze, besuchte mit ihren Kettenfahrzeugen
eingeschneite Bauernhöfe und trank dort einen
Schnaps.
Ich legte mich zu dem Herrn in den Schnee, konnte
aber gerettet werden. Wie immer in solchen
Geschichten fehlt von Herrn Ackermann jede Spur.

Vera Rosenbusch
Dichterin im violetten Bademantel
Februar

3 Uhr 15. Wie jede Nacht bin ich
hellwach. Ich schlüpfe in meinen Bademantel, streife
die Woll-socken über und schleiche durchs
Treppenhaus.

Das Minutenlicht benutze ich vorsichtshalber nicht.
Ich taste mich hinauf, ich kenne jede dieser 42 Stufen.
Nur bei Herrn Hellmann im vierten Stock brennt
Licht, aber kein Problem. Ich weiß, er ist verreist, und
dies ist nur die Zeitschaltuhr, mit der er Einbrecher
abschrecken will. Wie gut, dass die Wohnung gegenüber immer noch leer steht. Es wäre mir entsetzlich
peinlich, nachts um 3 Uhr 15 im violetten Bademantel
und in Wollsocken einem meiner Nachbarn zu begegnen. Mir ist alles peinlich.

Der große Vorraum verführt meine Mitbewohner
dazu, Kinderschlitten, Bretter und Rohre abzustellen.
Ich muss aufpassen, wenn ich mich vorwärts taste,
vorgestern bin ich über einen vergessenen Weih-
nachtsbaumständer gestolpert.

Ich öffne den Bretterverschlag, knipse Tante Annas alte Stehlampe an, wickle mich in die Kamelhaardecke und bin in meiner eigenen Welt.

In unserem Abstellraum habe ich mir eine Ecke freigeräumt. Eigentlich bewahren wir hier Büromaterial-Vorräte auf: Kartons mit Briefumschlägen, Stapel von Papier, Koffer und alte Akten. In der Nacht ist es mein Reich der Poesie.

Über mir die Dachluke. Ich kippe sie hoch. Nachtluft streichelt mein Gesicht.

Zwanzig Zentimeter Himmel – nirgends spüre ich wie hier die Stille der Großstadt, die gerade Pause macht.

Mein gestreifter Füller gleitet über das Papier. Sein geheimnisvolles Kratzen beruhigt mich.

Der Füller webt einen Wörterteppich. Die Seiten füllen sich mit Tintenfäden, die sich ineinander schlingen, zerfasern und verknoten.

Der Füller macht sich auf, wohin ein Wort das andere treibt. Ich bin nur die Federhalterin.

Im violetten Bademantel erlebe ich jede Nacht das Wunder, wie ein Wort das andere nach sich zieht.

Unten in der Wohnung geht es nicht. Auf meinem Schreibtisch lauern störende Geschäfte. E-Mails

müssen beantwortet werden, der Flyer ist überfällig,
auf tausend Kleinigkeiten muss ich mich konzentrieren …

Natürlich sind das Ausreden. Daran liegt es nicht,
dass keiner meiner Texte fertig wird. Ich kriege niemals etwas fertig. Es geht nicht.
Ich schaffe es nicht, sie zuendezuschreiben und weg-
zuschicken, ich schaffe es nicht einmal, sie zu lesen.

Ich will nicht wissen, was ich schreibe.
Meine Zweifel stehn um jedes Wort im Kreis herum.

Ich gehe der Frage aus dem Weg, was dumm, banal,
was mittelmäßig, was gelungen ist. Besser, wenn ich
das im Unklaren lasse.
Die Wörter fließen nur, wenn ich sie niemals wieder
lese und nicht darüber nachdenke.
Warum ist das so? Meine schreibenden Bekannten
schreiben so wie ich E-Mails beantworte, korrekt und
ohne Überraschungen.

Morgen werde ich trotz allem meinen 50sten Ge-
burtstag feiern – mit Pauken und Trompeten. Ich habe
alle meine Freunde eingeladen.
Den 47sten, 48sten, 49sten habe ich für mich behalten. Denn bis zum 50sten, das hatte ich mir ganz fest
vorgenommen, wollte ich die Erzählungen, die

Theaterstücke und die Krimiserie in die Welt entlassen.

Es ging nicht.

Meine Bodenkammerwelt ist viel zu schön.

Niemand weiß von ihr.

Meine Freunde würden mir empfehlen, unter Leute zu gehen. An einem Schreibkurs bei der Volkshochschule teilzunehmen, an einem Forum im Internet. Da triffst du Gleichgesinnte. Mach ein schönes Hobby draus!

Welche Motive würden sie mir zugestehen? Selbstüberschätzung? Geltungsdrang? Nein! Sie würden sich verpflichtet fühlen, etwas Kluges zu sagen, etwas Aufmunterndes, etwas, das mitteilt: Nimm das Schreiben nicht so ernst, aber bleib dran.

Wunder gibt es immer wieder, würden sie sagen und mich an diese Krimiautorin erinnern: über 50, Debüt einer Unbekannten. Bestsellerliste, 550.000 Exemplare verkauft.

Sie verstehen nichts.

Nein, ich erspare mir Lob & Wohlwollen. Lieber sehe ich, wie die Papierberge in meinen Bodenkammer-Himmel wachsen.

Ich bin eine Dichterin und brauche eine eigene Welt. Die schreibt mir der gestreifte Füller. Wenn ich ihn lasse.

Im violetten Bademantel bin ich eine Dichterin.

Solange niemand davon weiß.

Gegen 5, wenn hinter meiner Dachluke die Stadt erwacht, schleiche ich zurück in mein Bett.

Vera Rosenbusch
Kaffeehauskrimi
März

— Hier isses, rief Mutti und beugte sich über das
Treppengeländer, gleich habt ihr's geschafft.
Man kann sich seine Mutter nun einmal nicht aus-
suchen, dachte KB. Wohnort, Lebenspartner, selbst
das Geschlecht kann man wechseln. Aber die Mutter
…
Tante Rösele musste mehrmals stehen bleiben, um
Atem zu schöpfen. Sie hatte sich bei ihrem Neffen
eingehängt. Mit der freien Hand umklammerte sie
den Handlauf und zog sich Stufe für Stufe die enge
Holztreppe hinauf.
— Ein Café im zweiten Stock? Wo gibt's denn das?,
hauchte sie, als sie sich noch einmal verpustete.
— Das ist der *Arabische Coffebaum*, das älteste Kaffeehaus Europas, erläuterte ihre Schwester Lieselotte. —
Und darüber das Kaffeemuseum. Ein ganzes Stock-
werk zur Geschichte des Kaffees. Das dürfen wir uns
nicht entgehen lassen.
— Wie darüber?
— Na, im dritten Stock.

– Willst du da etwa auch noch hinaufklettern?

– Aber ja. Dieses Café ist einzigartig. Ganz was Besonderes. Kaffeehaus seit dem 18. Jahrhundert. Seit 300 Jahren! Das älteste in Europa. Das gibt es nur in Leipzig.

Sie betraten einen Vorraum mit altmodischem Nussbaum-Büfett und gleich darauf drei niedrige Zimmer, die ineinander übergingen. Was? Das sollte ein Café sein? Außer ihnen kein einziger Gast. In jedem Raum eine andere Tapete: breite grüne Streifen, schmale rote, hellgelbe.

Tante Rösele atmete noch immer schwer.

In der Kuchenvitrine ein halbes Dutzend Sahnetorten, alle unversehrt. Kein Stück fehlte. Waren sie aus Gips? An der Zimmerdecke vergilbten Lautsprecherboxen von Bose. Wo versteckte sich die Kellnerin?

Sie setzten sich auf Thonetstühle mit türkisfarbigen Kissen und schwiegen. Es war ja immer schwierig, ein gemeinsames Gesprächsthema zu finden. Worüber sollten sie auch reden? Über seinen Beruf? – Alles Kriminelle war seiner Mutter zuwider. Hoffentlich fing sie nicht wieder an, von Sybille zu schwärmen. Immer wenn ihr nichts mehr einfiel: Sybille. Sie war entsetzlich stolz auf ihre Tochter in Amerika. Wie weit die es gebracht hatte. Leiterin des Goethe-Instituts in Boston. Verheiratet mit einem Harvard-Professor. Sybilles Leben war erfüllt von Schönheit –

im Unterschied zu dem eines Mitarbeiters der Mord-kommission, der im Dreck anderer Leute wühlte. Zu seiner Ehrenrettung fiel ihr allenfalls ein, dass er sich als Beamter keine Gedanken um die Altersversorgung zu machen brauchte.

Tante Rösele sagte nichts. Man muss auch mal den Schnabel halten können, war ihre Devise. Mit ihr konnte man einfach eine Stunde dasitzen und vor sich hin schweigen. Seine Mutter dagegen …

Ihr zuliebe hatten sie sich einen ganzen Tag lang durch die überfüllten Hallen der Leipziger Buchmesse schieben lassen. Und am Abend noch die Nacht der Mörderischen Schwestern. Beginn 21 Uhr! Sie hatte die Veranstaltung ausgewählt, obwohl sie Krimis nicht besonders schätzte. Vielleicht wollte sie Rösele und ihren Sohn auf diese Weise für Literatur interessieren. Schließlich war er bei der Polizei, und die Tante guckte leidenschaftlich Krimiserien.

Dann saßen sie in einem düsteren Keller, auf dem Podium präsentierte eine Autorin im senfgelben Blazer ihre Kurzgeschichte, und er bestellte ein Bier nach dem anderen. Alle zehn Minuten ertönte ein Schuss vom Tonband und die nächste kam zu Wort. Tante Rösele war immer wieder eingenickt, erklärte aber hinterher, sie fand's spannend.

Eins jedenfalls stand fest: Ein richtiges Café war dies nicht. Sie blieben die einzigen Besucher, und niemand fragte nach ihren Wünschen.

Doch was war das? Über ihnen Schritte, Stimmen, knarrende Holzbohlen.

Jetzt riss Lieselotte Behrendt der Geduldsfaden. Sie gab sich einen Ruck, verschwand im Vorraum mit dem Nussbaum-Büffet und kam zurück mit einer Kellnerin im rostroten Trägerrock, die nach Zigaretten roch.

Die hatte es gut.

– T'schuldigung, sonst kommt hier nie jemand am Montagvormittag.

Also gibt es einen Nebenraum, in dem sie Zigaretten raucht, kombinierte Behrendt.

Sie reichte Speisekarten in mokkabraunen Kunstlederbezügen.

Lilos Missmut schlug um in Begeisterung, als sie die Seite mit den Spezialitäten des Hauses aufschlug.

– Ist das nicht phantastisch: Zwanzig verschiedene Kaffeespezialitäten. Wie wär's mit *Café August der Starke* mit Rum, Wodka und Sahne oder *Clara Schumanns Traum*: Milchschaum und Honig-Karamell oder *Mozart-Café* mit Nougatlikör oder – Konstantin, das wär doch was für dich!

Sie schaute ihn aufmunternd an.

– Hast du denn gar keine Lust, einmal etwas anderes zu probieren?

– Ich hab Urlaub.

Seine Mutter entschied sich für *Clara Schumann*, während Behrendt einen *Pott Kaffee* verlangte, den es hier nicht gab und sich zu einem *Kännchen* überreden ließ. Sie kannte ihre Schwester seit 74 und ihren Sohn seit 53 Jahren. Und schon Hunderte von Malen hatte sie erlebt, dass ihre Vorstellungen von Lebensgenuss mit denen ihrer Angehörigen nicht zur Deckung zu bringen waren, weigerte sich jedoch, das zur Kenntnis zu nehmen.

Tante Rösele bestellte einen Whisky. Um 11 Uhr vormittags! Er sah seiner Mutter im Gesicht an, was sie dachte.

– Der Kaffee stammt nicht etwa aus Arabien, wie ihr vielleicht glaubt, erklärte sie, sondern aus Äthiopien. Über den Jemen ist er nach Konstantinopel gelangt, von dort nach Venedig.

Was nutzte es zu wissen, dass 1554 zum ersten Mal in Konstantinopel Kaffee ausgeschenkt worden war?

– Stellt euch vor: Weit über hundert Jahre kannte man die Pflanze, kultivierte sie in botanischen Gärten, wäre aber nie auf die Idee gekommen, dieses bittere schwarze Zeug zu sich zu nehmen. Und plötzlich schossen die Kaffeehäuser aus dem Boden.

Schuss für Schuss, dachte Behrendt. Das erzählt sie bloß, um Rösele und mich zum Besuch des Museums zu überreden. Sie versucht es so lange, bis offene Zurückweisung das einzige Mittel bleibt, sie aufzuhalten. Und dann ist sie beleidigt.

– Noch vor hundert Jahren gingen ins Café nur Männer, keine Frauen. Zumindest keine ehrbaren. So wie heute noch im Orient.

– Übrigens, habt ihr schon einmal darüber nachgedacht, warum es Untertasse heißt und nicht Unterteller?

– Aber – – – du weißt ja schon alles, unterbrach die Tante mit Unschuldsmiene, weshalb willst du die vielen Treppen hinaufklettern?

Wunderbare Replik. Es war allerdings nicht möglich, die Wirkung auszukosten, denn jetzt erschien die Kellnerin, merkte, dass sie den hausüblichen Gratiskeks vergessen hatte, entschuldigte sich wortreich und versprach, ihn nachzuliefern. Sie schien konfus und übertrieben aufgeregt. Tante Rösele schnupperte, kräuselte die Nase und tippte die Zungenspitze in ihren Vormittags-Whisky.

Plötzlich über ihnen Flüche, Stühle, Männerstimmen, höllisches Getrappel. Ein dumpfer Knall, als wäre ein Schrank umgefallen. Dann Stille.

– Was ist denn bloß da oben los?, fragte Lieselotte.

– Ein Mord?, vermutete die Tante hoffnungsvoll.

– Schau doch einmal nach, Konstantin!

Immer dieses Konstantin! Warum konnte seine Mutter ihn nicht KB nennen wie alle Leute? Beiläufig fiel ihm auf, dass die Kellnerin mit dem versprochenen Keks nicht wieder aufgetaucht war.

– Ich habe nichts Verdächtiges gehört.

– Unheimlich ist es doch …

Lilo seufzte, gab sich einen Ruck und machte sich alleine auf in den dritten Stock.

Zwei Minuten später war sie wieder da. Kreidebleich.

– Blut, hauchte sie, so viel Blut. Und sackte zusammen. KB konnte sie gerade noch auffangen. Plötzlich waren da drei Kellnerinnen in rostroten Trägerröcken, die nach Zigaretten rochen. Wo immer sie sich versteckt gehalten hatten. Sie tätschelten Lieselottes Wangen, wedelten mit mokkabraunen Speisekarten, betupften ihre Stirn mit Küchentüchern und überschütteten sie mit Fragen.

– Oben?

– Ja, wo denn?

– Wie denn?

– Wo denn da?

– Wie war das?

– Wie war denn das für Sie?

KB dachte: Nicht schon wieder.

Die konnten ja nicht wissen, dass seine Mutter diese Szene nicht zum ersten Mal aufführte. Voriges Jahr im Louvre hatte sie einen 1-a-Schwächeanfall hingelegt, weil ihr die Schlange vor den Kassen zu lang gewesen war. Und als die heillos überfüllte Straßenbahn zur Buchmesse sie gestern nicht mitnehmen wollte? – Drei höfliche Studenten waren ihretwegen ausgestiegen.

Lieselotte Behrendt hatte dramatisches Talent. Oft genug war er darauf hereingefallen. Oder? Lieber doch hinaufgehen? Nein, heute einmal nicht.

Sie zitterte am ganzen Körper, brachte kein Wort über die Lippen. Keine Antwort auf die vielen Fragen ihrer Zuhörerinnen. Und plötzlich ein vollständiger Satz:

– Das kann sich keiner vorstellen, wenn er nicht dabei gewesen ist.

Dann wieder stummes Kopfgewackel.

Eine Kellnerin griff Tante Röseles Glas und führte es an Lieselottes Mund. Die stürzte den Whisky mit einem Schluck hinunter.

Behrendt bestellte einen neuen. Niemand beachtete das.

Seine Mutter war nun so weit wieder hergestellt, dass sie zu erzählen begann:

– Es war so … Pause so … Seufzer entsetzlich … Pause Verstehen Sie … Pause kein Mensch … Seufzer Ich öffne eine Tür: wundervolle Sofas, Kissen. Die Fenster, wissen Sie, so maurisch.

– Ah, das orientalische Café!

– Da lag er. Wände, Polster, Teppiche – alles voller Blut. Flecken, groß wie Pizzafladen.

– Wie schauerlich.

– Wie unappetitlich.

– Wenn ich mir das vorstelle.

– Wenn ich mir vorstelle, ich …

143

Plötzlich durchzuckte sie ein schrecklicher Gedanke:

– Ist der Mörder etwa noch da oben?

– Da wäre er schön dumm.

– Wir hätten ihn doch sehen müssen.

– Die Nottreppe!

Jetzt erinnerte sich eine Kellnerin, dass sie auf der Treppe vor der Vorratskammer, die sie als Raucherraum missbrauchten, einen Mann in grauer Wattejacke gesehen hatte.

– Das muss er gewesen sein! Ein Mann in einer grauen Wattejacke. Grau …? Oder blau …? Wie die da!

Sie zeigte auf KBs Mantel. Er war braun.

Behrendt schwankte. Sollte er doch nachsehen? Wo steckte eigentlich die Tante?

Er griff Röseles Whiskyglas und begab sich zum Nussbaum-Büffet, um die Bestellung zu beschleunigen.

Vor den Fenstern Blaulicht.

Er schenkte selbst nach.

Sanitäter polterten die Treppe herauf, Kameras und Mikrophone wurden hochgeschleppt, zwei Streifenpolizisten stemmten sich dem Ansturm entgegen.

– Der Kommissar ist unterwegs!

Behrendt genehmigte sich einen Schluck aus Röseles Glas.

Reporterinnen stürzten sich auf Lilo. Sie genoss die ungeahnte Aufmerksamkeit. Ihr Publikum wuchs an, ebenso die Menge Blut.

– Kissen, Sofas, Teppiche. Alles dick durchtränkt. Er lag in einem See von Blut. Und stellen Sie sich vor: Die spitze Tülle einer schweren orientalischen Messingkanne hat ihm der Mörder in den Hals gerammt. Er hat sie in den Hals gerammt und fallen lassen. Wissen Sie, so ein Museumsstück mit einem Schwanenhals, dünn, weit ausladend und vorne ziemlich spitz.

Seit wann ist ein Schwanenhals dünn, ausladend und spitz? Keine der Reporterinnen spürte Zweifel. Mutti hatte ja alles selbst erlebt.

– Genau so.

Man muss auch mal den Schnabel halten können, dachte KB und kippte den Rest aus Röseles Glas hinunter. Doch wo war die Tante? Ja, wo?

Mühsam sich von Stufe zu Stufe hangelnd, die Finger um den Handlauf gekrallt, tastete sie sich die Treppe herunter, musste sich noch einmal verpusten und hauchte:

– Der ist tatsächlich … mau … se … tot.

In diesem Augenblick bahnte sich der Leipziger Kollege den Weg nach oben. Was sollte KB ihm sagen? Vielleicht hatte er ja Glück, und niemand kam auf die Idee, nach seinem Beruf zu fragen.

Rösele drückte sich in ihren Stuhl, griff zum Whiskyglas, wollte nippen, merkte, dass es leer war, zupfte eine Kellnerin am Ärmel ihrer Rüschenbluse und verkündete:

– Wissen Sie, mein Neffe ist Kommissar. Bei der Mordkommission.

Weiber, dachte KB.

Um 14.42 Uhr fuhr der ICE zurück nach Hamburg. Tante Rösele schwieg, wie es ihre Art war. Mutti redete kein Wort mit ihm.

Kollektivtext*
Gartencenter-Blues
März

Es sind die kleinen Dinge.
Primärstabilisatoren.
Ulla: – Ich wünsch mir eine Rabatte ganz in Gelb.
Ulli: – In Geld?
Ulla fährt zum Gartencenter und stürzt auf den
Kundenberater zu.
– Hallo! Ich hätte gern Blumen für eine Rabatte ganz
in Gelb.
– Darauf gibt's aber keine Rabattmarken, haha.
– Geben Sie mir gelbe Blumen, für hochsommerliche
Stimmungen, glühend, gleißend, verstehen Sie? Zwölf
Uhr mittags. Als ob die Sonne niemals untergeht.
Ewig.
– Verstehe! trällert der Kundenberater. *We all live in
a yellow submarine.*

Und hält Ausschau nach einem Kunden, der ihn nor-
malen Unsinn fragt wie:
Haben Sie auch blonde Gartenmöbel oder Gieß-
kannen ohne Brause?
– Ich will …
– Begehren und begehrt werden, klar, wollen wir
alle, sagt der Pflanzenberater. Bloß dass uns der Part-
ner nie versteht.
Okay, letzter Versuch:
– Zeigen Sie mir alles, was Sie haben in Gelb, Gold
oder Geld. Gelb, Geld, Gold!
– Leider ausverkauft. Aber die hier gibt's zum halben
Preis.
– Die? Na gut, dann nehme ich die Blaue Blume der
Romantik.

(*Kollektivtext von Lutz Flörke und Vera Rosenbusch)

Das Dichter-Duo Flörke & Rosenbusch

spaziert literarisch, performt Literatur und schreibt
Bücher: ernsthaft, unterhaltsam, unbeirrt und stets
mit frischer Fragestellung für die Gegenwart.

Schreiben

Wir sind zwei AutorInnen mit (mindestens) drei
Schreibweisen, schreiben einzeln und kollektiv. Auf
den ersten, meist sehr assoziativen Entwurf folgt ein
reger E-Mail-Wechsel von Zimmer zu Zimmer. Jede
hat die volle Freiheit zu ändern, was und so viel sie
mag.

Wie alles anfing

Als wir uns vor vielen Jahren im *Literaturlabor* in Hamburg kennenlernten, ging daraus ein literarisches Kabarett hervor, das Texte-und-Zeichen-Kombinat Hamburg. Zu viert, später zu dritt präsentierten wir eigene Texte, viele davon waren kollektiv geschrieben. Unsere Programme *Gorbatschow tauscht Pommern gegen Helgoland*, *Geschichten aus dem Tropenhaus* und *Hansi! Hansi! Hansi!* wurden von der Hamburger Kulturbehörde gefördert.

Für wen wir schreiben

Wir schreiben für alle, die ebenso offen sind für Populär- wie für Hochkultur, aber beidem misstrauen. Unsere LieblingsleserInnen haben Lust am Denken und Spaß am Spiel mit Figuren, Perspektiven, Sprache.

Erzählen

Alle erzählen sich und anderen gern Geschichten, die dem Leben Sinn geben. Uns beide interessieren allerdings nicht die geglätteten, wohlgeordneten Versionen von Liebe, Hass und Lust. Lieber spüren wir der Wirklichkeit des Erzählens in den Köpfen nach, mit seinen Klischees, grotesken Übertreibungen, aber auch interessanten Abwegen und Aufbrüchen. In hanseatischer Zurückhaltung verschweigen wir meist, dass wir einst den Hamburger Förderpreis für Literatur bekommen haben.

Veröffentlichungen

Lutz Flörke: "Nebelmeer #7" - ein literarisches Roadmovie zwischen Hamburger Kunsthalle und niedersächsischer Provinz.

Lutz Flörke: "Das Ilona-Projekt" – Die Sehnsucht nach einem Leben als Hauptperson und den Hunger nach Geschichten. Skurril, liebenswert und von grotesker Komik.

Beide im Verlag duotincta, Berlin.

Mehr: http://www.hamburgerliteraturreisen.de/veroeff.html

Bühnenprogramme

Wir haben etwa 30 Bühnenprogramme entwickelt, unterhaltsam und aufregend. Wir lesen nicht nur virtuos, wir kommentieren, moderieren, diskutieren den Sinn von Wörtern, Sätzen und Literatur: Anspruchsvolles in lockerer Form.

Aktuelle Termine und Orte finden Sie unter www.hamburgerliteraturreisen.de/lesungen.html.

Literarische Spaziergänge

Auf unseren 13 Literarischen Spaziergänge durch Hamburg erleben Sie interessante Literatur an interessanten Schauplätzen. Bei unserem meistbesuchten, *Doch alle Lust will Ewigkeit*, begegnen wir erotischen Grabskulpturen und Texten von Heine bis Nietzsche auf dem Ohlsdorfer Friedhof.

Kurse

Für Volkshochschulen und die Uni arbeiten wir als freiberufliche Dozenten. Wir bieten Literaturkurse, Schreibwerkstätten, Vorlesetraining.

Veras Tag + Nacht Buch

Wir präsentieren, was uns inspiriert und bewegt, Bekanntes, Unbekanntes und echte Raritäten wie die "Ode an Singer" des flämischen Dichters Paul van Ostaijen. Jeden Sonntag kommt ein Text hinzu.
Audioversion: https://soundcloud.com/vera-rosenbusch
Videoversion: https://www.youtube.com/playlist?list=PLk4itwkJHny14DwPB7FSwgwmAVmDY-aN-

Poesieradio

Literarische Gespräche aus unserem Wohnzimmer. Wir machen uns Gedanken übers Schreiben und Lesen.
Audioversion: https://soundcloud.com/lutzfloerke
Videoversion: https://www.youtube.com/playlist?list=PLk4itwkJHny2qW0wWqfAXWKcYrpz6aGa-

Kontakt

www.hamburgerliteraturreisen.de
info@hamburgerliteraturreisen.de